등왕각

騰王閣

등왕각

등왕이 켜운 놈

鐵人

Fantastic
Oriental Heroes

철인

人

철인 1
김대산 퓨전 무협 소설

초판 1쇄 찍은 날 § 2005년 3월 15일
초판 1쇄 펴낸 날 § 2005년 3월 24일

지은이 § 김대산
펴낸이 § 서경석

편집장 § 문혜영
편집책임 § 김율
편집 § 유경화 · 서지현

펴낸곳 § 도서출판 청어람
등록번호 § 제1081-1-89호
등록일자 § 1999. 5. 31
어람번호 § 제2-0551호

주소 § 경기도 부천시 원미구 심곡1동 350-1 남성B/D 3F (우) 420-011
전화 § 032-656-4452 팩스 § 032-656-4453
E-mail § eoram99@chollian.net

ⓒ 김대산, 2005

ISBN 89-5831-470-2 04810
ISBN 89-5831-469-9 (세트)

鐵

Fantastic Oriental Heroes
절인

人

1

김대산 퓨전 무협 소설

절대고수가 된다는 건
생명 연장의 꿈이 실현한다는 건
결코 기쁜 일만은 아니다
친우의 죽음 후배들의 성장
늙어가고 사라져가는 인간들
그들로부터 남겨진다는 건
참으로 슬프다슬픈 일이다.
사막의 언저리를 스치는
모래 섞인 후끈한 바람이 좋아지는 건
이따금…… 그 때문일 것이다.
가끔씩 찾아오는 사람이 더없이 기쁜 건
또… 그 때문일 것이다.

도서출판
청어람

목차

너무나 오랜 방황이었다.

뜻하지 않게 걸어야 했던 그 길고도 거칠었던 일탈.

그리고 그 후로도… 아무것도 가늠할 수 없었던, 희미한 의식과 무의식이 마구 혼재되던 그 혼돈의 세계에서, 끝없는 길을 돌고 돌아 그는 마침내 온전한 의식의 세계로 돌아왔다.

'아아! 나는 얼마나 오랫동안 거친 꿈속을 헤매고 돌았던 것일까?'

온몸의 감각 기관들이 스멀거리며 살아나는 느낌에 문득 소름이 돋는 듯하다.

'소름……? 낯설다. 지금 정말로 피부에 소름이 돋아나고 있는 걸까? 아니면… 다만 의식 속에서의 느낌일 뿐인 걸까?'

불현듯 눈을 떠야겠다는 생각이 든다.

그러나 그러기 전에 먼저, 밀물처럼 밀려드는 이 희열을 진정시킬 잠시간의 시간이 필요할 것 같다.

  '아아! 이제 눈을 뜨면 드디어 나는 그토록 그리던 일상으로 돌아와 있을 것이다. 혹시 그리웠던 사람들 중 누군가가 지금 내 곁을 그림처럼 지키고 있지는 않을까? 제발 그렇게 되어 있기를… 누군가 지금 내 곁에 있기를……. 다들 얼마나 변해 있을까? 어떻게 변해 있을까?

■ 第一章

분명한 사실은 내가 여전히 살아 있다는 것이다

말… 중국 말이다.

'중국 말이라니……?'

주위에서 이따금씩 들려오는 말들은 중국 말임에 분명했다.

제대로 알아들을 수는 없지만 귀에는 익숙하다.

삼합회, 그 길고 길었던 전쟁을 치르면서 어쩔 수 없이 익숙하게 되어버린 그들의 말이었으니까.

지금, 그의 주변에서 들려오는 말은 온통 중국 말 일색이다.

남자, 여자, 노인으로 짐작되는 목소리도 있다.

그러나 그들 중 누구도 가까이 다가와 건드리거나 말을 걸거나 하지 않는다.

이건 또 어찌 된 일인가?

눈이 뜨여지지 않는다.

눈꺼풀에 애써 힘을 주어봐도 마찬가지다. 아무래도 뭔가 좀 이상하다.

마음 한구석 어디선가 막연한 불안이 시작되고 있다.

더 커지기 전에 고개를 드는 불안을 눌러 버리고, 애써 여유를 가져본다.

'그랬지! 어렸을 때, 어머니를 기다리다 잠든 적이 있었지. 문득 잠결에 들려오는 어머니의 목소리를 듣고 반가워 눈을 뜨려 했는데, 아무리 해도 뜨여지지를 않았었어. 얼마나 놀랐는지… 후훗! 그때, 어머니는 물수건을 가져다 얼굴을 닦아주셨지. 그리고 자면서 우는 게 아니라고 하셨어. 훗! 눈물과 눈곱이 말라붙으면 그렇게나 센 접착제가 되는지를 그때 처음으로 알았지.'

심호흡을 해 마음을 가라앉히며 찬찬히 시간의 수레바퀴를 거꾸로 돌려본다.

기억 저편 끝 쪽에 마지막으로 남아 있는 것은…

하얀 병실.

코를 찌르는 것은 독한 소독약 냄새,

급박하게 주위를 뛰어다니는 사람들의 소음들…

그리고… 두 눈 가득 그렁거리는 눈물을 끝내 떨구지 않고서 애써 미소 지은 얼굴로 돌아나가던 그녀의 뒷모습… 큰 키의 어깨에서 찰랑거리던 검은 머릿결…

그리고… 그리고… 희미한 망막 속으로 비쳐들던 얼굴들… 내려다

보며 굵은 눈물방울이 뚝뚝 떨어질 때마다 손바닥으로… 훔쳐 내던…
그들…….

피식! 웃음이 생겨난다.

'크훗! 자식들! 지들보다 한참이나 나이 어린 여자도 끝내 미소 지은
얼굴로 돌아섰는데… 덩치가 산만한 놈들이, 대한민국의 주먹계를 통
일하고 나아가 삼합회와 야쿠자의 최강자들을 주먹 하나로 무릎 꿇렸
던 그 강철같이 우악스럽기만 하던 놈들이 질질거리며 눈물을 짜내는
꼬락서니들이라니…….'

그게 마지막 기억이다.

그렇다.

비록 그토록이나 벗어나고자 했던 일탈의 기억 속에 들어 있는 얼굴
들이었으나 그 정겨운 얼굴들에 대한 그리움이 새삼 파도처럼 거칠게
밀려온다.

'헉!'

급작스럽게 아랫배에서 찌르는 듯한 느낌이 전해져 왔다. 무언가 단
전 어림을 사정없이 관통하는 느낌이다.

바로 그때의 그 느낌… 그 고통과 닮아 있다.

'크윽! 제길!'

온몸을 부르르 떨고 말았다.

그자의 기격(氣擊) 일권(一拳)과 그 속에 감추어진 장침(長針)이 단전
을 뚫고 들어왔을 때, 그로 인해 온몸의 기가 역류하기 시작했을 때, 그
때는 어쩔 수 없이 죽음을 떠올렸다.

그러나 그 순간에도 후회는 없었고, 지금도 후회 따위는 없다.

스스로 각오하고 받아들인 고육책(苦肉策)이었고, 그녀를 구하기 위한 최선의 방법이었으니까.

보다 분명히 깨닫게 된 것은, 몸을 조금도 움직일 수 없다는 것이다.

분명 느낌은 있는데 전혀 움직일 수가 없다.

'빌어먹을!'

발작적으로 눈을 부릅떠 본다. 아니, 부릅뜨려고 해보았다.

그러나 눈은 여전히 뜨여지지 않는다.

'으으.'

목소리조차 나오지 않는다.

'제기랄! 제기랄!'

이게 도대체 무슨 일이란 말인가?

갑자기 미칠 듯한 불안감이 밀려온다.

온몸을 마구 비틀어 보았다.

그러나 역시 움직일 수 있는 것은 아무것도 없었다. 손가락 하나, 발끝조차도.

다만 생각으로만 머리 속으로만 용을 쓰고 있을 뿐이다.

'빌어먹을……! 빌어먹을! 정말 지랄이다.'

누구인지도 모를 대상에게 얼마 동안이나 욕설과 원망을 퍼부었을까.

한참 만에야 마음을 가라앉힐 수 있었다.

이런 일!

그의 의지와는 상관없이 벌어지거나 이미 벌어져 있고, 또한 그 스스로의 능력으로는 어떻게 변화시키거나 되돌릴 수 없는 일.

　사실 그는 이런 일에 대해 제법 익숙해 있는 편이다. 평범한 인생이었을 뿐이던 그가 지난 수년여간 겪어야 했던 그 일탈의 과정이 또한 그랬으므로.

　'분명한 사실은 내가 여전히 살아 있다는 것이다.'

　그는 그렇게 스스로를 진정시키고 위안했다.

第二章

나는 지금 괴물이 되어 있는지도 모른다

나
는
지
금
괴
물
이
되
어
있
는
지
도
모
른
다

이제 몸을 전혀 움직일 수 없다는 것은 확실해졌다.

그런데 그 상태가 아무래도 이상하다.

감각이 없는 것도 아니니 마비라고 할 것도 아니었다.

그렇다고 몸에 힘이 없는 것도 아니니 무기력이라고 할 것도 아니었
다.

힘은 없거나 모자란 것이 아니라 오히려 지나칠 만큼 넘쳐 나고 있
다.

전신의 구석구석 혈맥마다에는 온통 터질 듯한 힘으로 가득 차 있
다.

문제는 도무지 힘을 쓸 수가 없다는 것이다.

무슨 이유에선지 힘의 통로, 역도(力道)가 꽉 막혀 버렸다.

무릇 힘이란 것은 강한 곳에서 약한 곳으로, 가득 찬 곳에서 비어 있는 곳으로 흐르는 속성을 가지는 것이다.

뻗어나고 펼쳐지는 성질이 있는 것이다.

그런데 지금 그의 몸속에 가득 차 있는 힘은 그런 일반적인 속성을 오히려 반대로 가지는 것이었다.

팽창의 힘이 아닌 압축의 힘이었다.

무한정 웅크리고 안으로 오그라들려고만 하는 그런 힘이다.

온몸의 근육과 혈맥들은 그 힘에 의해 짓눌릴 대로 눌려 있다.

내부를 향해서만 빨려들고 응축되려는 어떤 엄청난 힘에 의해 그의 몸은 완전히 구속되어 있었다.

마치 무한히 탄력적이고 질긴 어떤 끈으로 한 치의 틈도 없게 한 겹 한 겹을 더해서 수만 겹으로 온몸을 칭칭 동여매고 있는 느낌이 이럴까.

엄청나다 못해 지독한 구속이었다.

무겁다. 중압감이다. 무언가 형언할 수 없는 거대한 압박이다.

온몸의 살갗이, 근육이, 그리고 뼈가 무한정 안으로 오그라드는 참을 수 없는 답답함이다.

폐가, 심장이, 그리고 내부의 장기가 모두 짓눌려 있다.

문득 다시 깨닫게 되는 것이지만, 호흡은 쉬는 듯 마는 듯 미약하고 느리기 이를 데 없다. 심장의 박동도 마찬가지다.

'이렇게 약하게, 이렇게 느리게 숨 쉬고 심장이 뛰어도 생명에는 지장이 없는 걸까?

그런 생각을 하자니 갑자기 심근 경색이라도 오는 듯 은은한 흉통(胸痛)이 느껴지고, 급한 숨 가쁨이 느껴진다.

다시금 금방이라도 죽을 것 같은 다급함과 초조함이 밀려들었다.

그러나 다행히도 그는 이럴 때 마음의 간사함과 타협하는 방법을 이미 알고 있다.

녹녹치 않은 연륜의 덕분(?)이고, 지난 몇 년간의 거칠었던 일탈의 과정에서 얻은 경험과 관록의 덕분이기도 하다.

'마음이다! 어쩔 수 없는 고통이라면 고통스러울수록 의식적으로 잊어버려야 한다. 잊어버리는 만큼 고통도 덜하다. 관조하는 것이다. 고통보다는 그 고통이 어디로부터 비롯되는 것인지 차분히 관조하는 것이다.'

힘든 마음을 다스릴 때면, 언제나 스승의 얼굴이 떠오른다.

불혹의 나이에 우연히 얻게 된 그 엄청난 힘에 대해 한편으로 우쭐거리고, 또 한편으로 당황하고 있을 때, 그 힘을 바르게 쓸 용법을 일러주신 분이 바로 스승이셨다.

인연이 거기까지다 하시면서도 든 것 없이 나이만 헛먹은 미욱한 범부(凡夫)가 열흘 제자로서 올리는 삼배를 끝내 다 받아주시던 분.

아아! 스승께서 가신 지 이미 오래건만, 그 짓궂은 웃음과 신랄한 독설 속에 녹아 있던 인자함은 아직도 어제처럼 남아 있다.

스승께서 화엄경(華嚴經)의 내용 중 즐겨 인용하시기를,

若人欲了知 三世一切佛 應觀法界性 一切唯心造
약인욕료지 삼세일체불 응관법계성 일체유심조
―만약 어떤 사람이 삼세의 모든 부처님을 알려면 마땅히 법계의 성

품 모든 것이 마음으로 된 줄을 알아야 한다.

　마음을 가라앉히고 다시 찬찬히 내부를 들여다보았다.
　힘(力)이 아니라 기(氣)다. 그에게 익숙한 내공(內功)과는 완연히 다른 속성을 지닌 것이었지만, 그것이 일종의 기라는 것은 분명했다.
　만약 그것이 단순한 근골(筋骨)의 힘이었다면 그가 지금처럼 느낌으로 내부를 들여다보지는 못하였을 것이다.
　그것은 흐르지 않는 기였다. 아니, 너무도 느리게 흘러서 흐르지 않는 것처럼 느껴지는지도 모를, 어떤 특별한 종류의 기임에 분명하였다.
　그것의 본질이 기이기에, 비록 단단히 움츠러들어 강철처럼 굳어 있지만 그 느낌은 전해지는 것이다.
　가득 찬 것을 꾹꾹 누르고 다시 눌러 더 이상 누를 수 없는 상태로 딱딱하게 굳어버린 기.
　그러나 또 스스로 극한의 움츠림을 가지고 있기에 그만큼 강렬한 반발력을 내포하고 있는 기.
　아아! 느껴가면 갈수록, 공포스럽도록 엄청나다고 할 수밖에 없는 기였다.
　기와 내공이라면 그도 익숙하다면 익숙한 처지였다.
　비록 스스로 원하거나 수련하여 얻은 것은 아니었지만 어쨌든 막대한 내공을 보유했었고 또한 운기와 행공을 해본 처지였다.
　그런데 그의 개념으로는 도저히 상상할 수조차 없는 일이 바로 그의 몸 내부에 벌어져 있는 것이다.

'어떻게 이런 일이⋯ 이건 도저히 가능하지 않은 일이다. 사람의 몸으로 이런 종류의⋯ 이런 가공할 정도의 기를 보유한다는 것은 결코 가능하지 않다. 사람의 몸이 강철로 된 거대한 압력 용기가 아닌 이상, 벌써 견디지 못하고 터져 버렸어야⋯ 아니, 오그라들고 찌그러져서 한 줌의 핏물이나 가루로 변해 있었어야 될 일이다.'

　그리고 문득 엄습해 드는 생각.

　'이건 혹시 내 몸이 아닐지도 모른다. 내 몸의 혈맥과 기로(氣路)에 대해서는 너무나도 익숙하게 알고 있다. 그런데 이건⋯ 이건 마치 내 몸이 아닌 다른 사람의 몸 같다. 다른 사람의 몸⋯⋯? 허허허! 그렇군. 이건 완전히 다른 몸이다. 단지 어떤 변화가 온 정도로는 이렇게 될 수가 없다. 이건 결코 변화도, 개조도 아니다. 아예 처음부터 다른 몸이다.'

　내부는 측량할 수조차 없는 조밀함과 무거움으로 가득 차 있다.

　모든 것이 갇혀 있다.

　외부의 기운을 받아들이는 길은 열려 있는지 모르겠으나 내부의 것이 바깥으로 나가는 일은 불가능할 듯하다.

　오로지 한 방향으로만 모여든다. 끝없이 안으로만.

　무한한 수축과 그로 인해 금방이라도 터질 듯한 팽팽함이 상반되는 혼돈의 상태다.

　'이건 마치⋯ 그래, 이것은 언젠가 들은 적이 있는 블랙홀과도 같군. 빛과 에너지를 포함한 우주의 모든 것을 빨아들이면서도 정작 나가는 것은 일절 허용하지 않는 괴물 같은 존재. 그러면서도 스스로는 끝없는 수축을 하여 부피는 제로, 밀도와 중력은 무한대로 만들어가는 불가

사의한 존재. 그래, 이 황당하고도 믿을 수 없는 상태는 바로 그 블랙
홀과도 크게 다르지 않다. 허허! 어쩌면 지금 이 몸은 하나의 블랙홀이
되어 있는지도 모르겠다.'

第三章

철인(鐵人)

철인(鐵人)

아무리 놀랍고 당혹스러운 현실이라도 시간이 지나면 과거가 되고 만다.

과거는 아무리 참담하고 분노에 차고 혹은 허탈한 것일지라도 또한 인정할 수밖에 없는 것이다.

끝까지 과거를 과거로서 인정하지 못한다면… 미쳐 버리는 수밖에 없게 되니까.

인정하는 자만이 또 새로운 삶을 살아갈 수 있게 된다.

그것이 바로 미래라는 것이 아닐까.

특히 인정하기 싫은 것을, 인정하기 어려운 것을 결국 인정하게 되기까지 걸리는 시간의 길이는 나이가 들수록 짧아지는 것이 일반적이다.

그것이 포기이든 인정이든 혹은 굴복이든 말이다.

다만 바라건대,

지금 그를 둘러싸고 있는 이 미지의 환경이 그 어떤 것이든 간에, 그 토록 갈구하던 일상으로 돌아와 있기를……

그래서 한 번만… 단 한 번만이라도 그리운 이들의 얼굴을 볼 수 있다면… 그들의 목소리만이라도 들을 수 있다면… 아니, 정말로… 정말로 조금만 더 욕심을 내어 그들에게 너무 늦게 돌아와서 정말 미안하다는 그 한마디만이라도 할 수 있기를 간절히… 정말 간절히 바랄 뿐이다.

제법 깊은 밤이 된 것 같다. 어쩐지 그런 느낌이다.

주변의 목소리는 이제 노인과 젊은 여자 두 사람의 것뿐이다.

노인의 목소리에는 무게가 있었고, 여인의 목소리는 청아했다.

그런데 가만히 듣고 있자니 간간이 알 듯한 말이 섞여 들린다.

'아아! 이건 중국 말이 아니다. 우리말이다. 한국 말이다.'

치미는 반가움에 모든 신경이 그들의 말을 듣는 데로만 확 하고 쏠리는데, 그런데 그게 아주 한국 말도 아니었다.

북한 말 같기도 하고, 고등학교 때 고문으로 배웠던 고어체(古語體) 같기도 하다.

'고어체라……?'

처음에는 거의 알아듣지 못할 말투성이였으나 한참을 듣고 있자니, 앞뒤의 문맥이 조금씩 연결이 되는 듯도 하였다.

물론 그러한 것들은 다만 그가 겨우 알아들은 몇 가지의 단어와 대화의 전반적 분위기를 이리저리 끼워 맞춰 짐작을 해낸 것일 뿐이었다.

다시 며칠인가의 시간이 죽은 듯이 지나갔다.

아무 일 없이 주변의 상황을 전혀 알지 못한 채 기약도 없이 그저 견디기만 해야 한다는 것은 지독한 고문이다. 그것도 너무나 또렷한 의식을 가지고서 말이다.

물론 그가 할 수 있는 시도조차 안 해본 것은 아니었다.

그에게 기연이자 악연의 시작이 된 묵환(墨環)··· 그로부터 얻어진 무극심결(無極心訣)을 운용해 보았다.

결과는 한마디로 운용 불가였다.

진기는 단전으로부터 단 한 치도 움직이지 못했다.

전신(全身)이 무한대, 무진장의 진기덩어리인데 기가 어디에서 어디로 흐를 것인가.

이 괴물 같은 육신에 있어서 단전이라는 개념은 이미 없어진 것이나 마찬가지였다.

다만 다시 한 번 확인한 것은 지금 그의 의식이 지배(?)하고 있는 이 육신이 결코 인간의 것이라 하기 어렵다는 것이었다.

오로지 귀에만 의존하여 주변의 모든 소리를 듣는 것으로 살아 있다는 자각을 되풀이하고 있었다.

주변에 주로 머무는 사람은 바로 예의 그 노인과 여인이었다.

그 둘 이외의 다른 사람들의 인기척은 하루에 두 번을 느끼기가 힘들었다.

노인과 여인은 밤이 되면 그의 곁에서 머물곤 했는데, 아마도 그들 둘은 그의 마지막을 지키기로 되어 있는 사람들 같았다.

간호라든가 특별한 보살핌을 주는 것도 없었고, 다만 그의 마지막이 오기만을 기다리는 입장 같았다.

얼굴에 느껴지는 낯선 감촉에 그의 의식이 흠칫하고 소스라쳤다.

누군가 그의 얼굴에 손을 댄 것이다.

보드랍고 섬세한 손길.

여인이다.

그녀는 지금 그의 입술을 벌리고 있었다.

쉽지 않은 모양으로 가느다란 손가락에 상당한 힘이 들어가는 것이 느껴진다.

그리고 무언지 모를 차가운 액체가 입 안으로 흘러들었다.

쓰고 독하다.

치지직!

그 액체는 지독한 산성이라도 되는 듯 입 안에 들어오는 즉시 뜨겁게 달군 솥뚜껑에 물 붓는 소리가 났다.

입 안이 불에 데인 듯 화끈거리며, 연기라도 나는지 코끝으로는 매캐한 냄새까지 풍긴다.

액체가 목구멍으로 넘어가면서 식도에서 위까지가 뜨끔거리며 화끈거린다. 독한 위스키를 희석시키지 않고 단숨에 삼킨 듯하다.

의식이 지레 고통을 상상하며 진저리를 치는 것과는 달리, 그러한 느낌들은 지독히도 자극적이라고는 할 수 있으되 막상 고통스러운 것하고는 다소 거리가 있었다.

한편으로는 감각과 느낌에 목말라 있던 신체 구석구석에 가뭄에 단비처럼 한줄기 시원한 쾌감이 치달려가고 있었다.

그가 얄궂은(?) 느낌들에 대한 감상들을 당황스럽게 음미(?)하고 있을 때, 여인의 다분히 들뜬 듯한 음성이 들려왔다.

"보세요. 이 액체는 금선사(金線蛇)라는 뱀에게서 채취한 독액(毒液)으로, 흔히 말하는 강호 십대생독(十大生毒)에 드는 맹독이지요. 그런데도 독액과 반응은 하였으되 유 공자의 몸은 전혀 손상되지 않고 있어요. 독액과 접촉한 곳이 가장 부드럽다고 할 수 있는 입 안이었음에도 말이에요. 훗! 사람들은 다만 유 공자의 몸이 타고난 천형의 괴질이라고 하였지만, 그의 몸속에서는 그것만으로는 도저히 설명할 수 없는, 세상에 다시없을 괴이한 일이 벌어지고 있었던 거예요. 지금의 그는 과연 철인(鐵人)이라고 할 만하지 않나요? 진짜 무쇠라도 부식시키고 녹여 버렸을 절대독액(絶對毒液)에도 끄떡없는 금강철인(金剛鐵人) 말입니다. 호홋! 그러나 스스로는 눈 하나 뜨지 못하는 철인이니, 부동철인(不動鐵人)이라 해야겠지요. 이제부터는 공자의 몸이 독에 대해 조금이라도 반응하기만을 바랄 뿐이에요."

■第四章

거래(去來)

거래(去來)

금선사의 독액이라는 그 지독한 산성의 액체가 체내로 들어오면서
생겨난 자극으로 인해 몸 안에 질기게 얽혀서 굳어 있던 진기가 아주
미세한 요동을 보였다.

비록 미세하였지만, 그리고 잠깐의 요동이었지만 그로서는 놓칠 수
없는 절대의 변화이기도 했다.

얼마나 안간힘을 썼을까? 아무도 알아주지 않는 속에서 벌인 혼자만
의 사투였다.

모든 것이 꽁꽁 얼어붙은 동토(凍土)에서 한 톨 미약한 불씨를 살리
는 심정으로 심혈을 다해 기의 흐름을 살려 나가기를 몇 시간이나 했
을까?

'어엇!'

어느 순간 그의 의식이 경호성을 토해내고 있었다. 놀람과 희열이었다.

조금씩 눈꺼풀이 들려지고 있었다. 눈이 뜨여지고 있는 것이다.

오래도록 쓰지 않아 먼지와 녹으로 잔뜩 부식된 철제 기구처럼, 마치 금방이라도 삐걱거리는 소리를 토해낼 것처럼 그렇게 빽빽한 느낌으로.

조금씩 빛이 느껴지고 있었다. 조금씩… 조금씩…….

아아! 눈부시다. 마치 한낮의 태양을 똑바로 바라보는 것처럼 눈이 부시다.

보인다. 형체들이 보이고 있다.

아주 조금씩이지만 방 안의 정경들이 눈동자를 투과해 머리 속으로 비쳐들고 있었다.

흰색의 반투명 장막(帳幕)… 아마도 커튼인 것 같다.

그리고 넓지 않은 실내에 간단한 집기들. 바로 좀 전 태양과도 같이 눈부셨던 빛의 실체일 유등(油燈)…….

눈은 급속도로 유등의 빛에 적응되며 눈부심이 점차 사라지고 있었다.

방문의 창호로 비치는 희뿌연 빛으로 보아 아마도 시간은 깊은 밤을 넘어 신새벽으로 달려가고 있는 중인 모양이었다.

그는 침상과 같은 곳에 누워 있었고, 그 곁에 놓여진 투박한 나무 의자에 여인 한 명이 앉아 눈을 감고 있었다.

갸름한 얼굴에 검은색 윤기 흐르는 긴 머릿결을 뒤로 묶었다.

그런데… 얼굴색이… 푸르다. 아니, 푸르죽죽하다.

술주정뱅이 남편에게 형편없이 두들겨 맞아 온통 멍이 든 여편네의 얼굴 같다. 예전 언젠가 보았던 공포 영화에 나오는 귀신의 얼굴색과도 닮았다.

보통 때라면 '어헛!' 하고 놀라는 시늉이라도 했을 괴기스럽기까지 한 모습이었지만, 지금은 전혀 놀랍지 않았다.

그 정도에 놀라기에는 극한의 답답함까지 도달했다가 겨우 풀려나 다시 그만큼의 조급함으로 바뀌어 버린 그의 궁금증과 호기심이 훨씬 더 강했다.

"어멋!"

깜빡 졸다가 깨어난 듯 문득 눈을 떠 그와 눈길이 마주친 여인의 입에서 뾰족한 외침이 터져 나왔다.

그녀의 얼굴과 눈빛에 진정으로 놀랐다는 빛이 가득 담겼다. 상상도 하지 못한 어떤 일을 갑작스럽게 직면하게 된 모습 그대로이다.

얼굴이 온통 푸르러 청면(靑面)이라고 해야 할 것인데, 놀라 부릅뜬 한 쌍의 눈에 고인 빛만큼은 놀랍도록 맑고도 깊었다.

"어멋! 손(孫) 학사님! 유 공자가 눈을 떴어요. 그가 저를 보고 있어요. 그가 마침내 반응을 한 것이라고요."

그녀는 숨도 쉬지 않고 한꺼번에 말을 쏟아내었다.

그들은 한동안 서로를 관찰하고 있는 중이었다.

물론 서로의 관점은 달랐다.

여인과 노인의 입장에서는 죽은 것이나 마찬가지여서 숨이 완전히 끊어지기만을 기다리고 있던 사람이 이렇듯 눈을 번쩍 든 것이 혹시 마지막 회광반조(廻光返照)가 아닐까 하여 조심스레 살피는 기색이었다.

한편 그는 의식이 깨어나고 나서 근 십수 일 만에 처음으로 접하는 시각 정보들을 분석하여 자신이 지금 어떤 처지에 놓여 있는지를 판단하기에 열중해 있는 중이었다.

그의 첫 느낌은 당혹스러움이었다.

이미 귀로 들어 파악했던 여러 가지에서 어느 정도 예상하고 각오를 하지 않았던 것은 아니지만, 지금 막상 눈으로 보니 새삼 당황스럽기까지 하다.

마치 역사 드라마의 촬영 현장 같다고나 할까.

모든 것이 고풍스러운 옛것이었다. 청면의 여인과 노인의 머리 모양이 그랬고, 옷차림이나 방 안의 집기류들에 이르기까지……

그러나 드라마에서 보았던 조선 시대나 고려 시대의 모습은 또 아닌 것 같았다. 굳이 그의 의식 속 정보에 비춰보자면, 중국 색이라고 할 수 있었다. 중국 무협 영화에서 보았던 고대 중국의 모습 말이다.

'도대체… 도대체 어떻게 된 것인가? 온통 낯선 것들뿐, 익숙한 것은 하나도 없다. 나는 도대체 지금 어떤 상황에 처해 있는 것인가?'

그의 마음이 극도의 혼란으로 치달아가려 할 때, 여인이 예의 그 맑고 시원한 목소리로 말을 내놓았다.

놀람이 가라앉았는지 한결 차분해진 목소리는 곱고 은은하였다.

"공자님은 정신이 드신 건가요?"

알아듣지 못할 중국 말이었지만 아마도 그런 뜻인 듯했다. 그러나 뜻을 알아들었다 해도 대답을 할 방법이 없다.

힘겹게 눈을 한 번 감았다 뜨는 것으로 대답을 대신했다.

어차피 겨우 흐르기 시작한 눈꺼풀 계통(?)의 진기의 약한 흐름이 다시 굳어지기 전에 그는 부단한 눈 깜빡임을 계속해야만 하는 처지에 있기도 했다.

여인이 그런 그의 심정을 알아채기라도 한 듯 방긋 웃음을 지었다.

웃었다고는 하지만 인상을 찌푸리지 않고는 보아주기 힘든 모습이었다.

그러나 어쨌거나 지금으로서는 그의 급한 의문과 호기심을 충족시켜 줄 수 있는 유일한 상대인데, 이럴 때는 표정을 지어 보일 수 없다는 게 오히려 다행스러운 일인지도 몰랐다.

여인이 다시 뭐라고 말을 건네었으나 여전히 무슨 뜻인지는 알 수가 없었다.

다만 무작정 눈을 깜빡이고 눈동자를 움직여 보려고 최선을 다했다.

최소한 자신이 아직 생생하게 살아 있음을, 의식이 또렷함을 그녀에게 알려야만 했다.

만에 하나라도 그가 완전히 깨어 있다는 것을 그녀가 믿지 못하는 일이 없도록.

그러나 다만 눈 하나를 움직이는 그런 행위들도 그에게는 결코 쉽지가 않았다.

한동안 그토록 사력을 다했건만 겨우 서너 차례 눈을 깜빡거릴 수 있었을 뿐이다.

여인, 추랑(醜娘)은 특이한 얼굴색으로 인해 정확한 나이를 짐작할 수는 없었지만 체형의 윤곽이나 목소리로 보아 이제 겨우 이십대 초중반 정도나 되었을 듯하였다.

노인, 손 노대의 옷차림도 추랑과 마찬가지로 초라하고 질박(質朴)한 것이었다.

얼굴에는 거친 주름이 많았고, 머리는 대충 틀어 올려 커다란 상투처럼 쪽을 지었는데 머리카락이 듬성듬성 빠져나와 단정하게 보이지는 않았다.

그러나 그 눈빛만은 맑고도 깊어 전체적으로는 학자와도 같은 청수함이 비치는 인상이었고, 좀 더 자세히 살피자면 은은한 관록과 위엄마저도 느껴졌다.

여인은 그에게 이것저것 많은 이야기를 건네었으나 도통 뜻을 알 수 없으니 그로서는 답답하기만 할 뿐이었다.

하여 그가 궁여지책으로 강구한 것은, 그녀의 중국 말에 대해서는 일체의 반응을 하지 않기로 한 것이었다.

그가 중국 말을 알아들을 수 없고 그 고어체의 우리말을 알아들을 수 있다는 것을 알려주어야만 서로의 의사소통을 위한 최소한의 어떤 방법이라도 마련할 수 있을 것이라는 생각에서였다.

대신 여인이 잠깐씩 노인과 고려 말로 말을 나눌 때마다 그는 놓치지 않고 그야말로 죽을힘을 다해 두 눈을 깜빡거렸다.

그의 생각이 적중한 것인지, 아니면 여인이 총명하였던 것인지 어쨌든 그의 시도는 의외로 빠른 성과를 거둘 수 있었다.

"혹시 공자님께서는 지금 저희들이 하는 고려 말을 알아들으시는 건가요?"

깜빡! 깜빡!

사뭇 놀라는 기색 가운데서도, 그녀는 드디어 그가 바라고 바라는 골자로 가까이 접근하고 있었다.

"이전에 공자님은 결코 고려의 말을 알아듣지 못하셨어요. 그런데 지금은 고려 말을 알아들으시고, 오히려 중원의 말을 알아듣지 못하시는 것처럼 보여요."

깜빡! 깜빡! 깜빡!

그녀의 총명함에 한없는 갈채를 보내며 그는 필사적으로 두 눈을 깜빡였다.

그런 중에도 그의 염두는 바쁘게 굴러갔다.

'고려라고? 고려 말이라고……?'

손 노대와 추랑에 의해 얘기가 퍼진 듯 아침이 되자 꽤 많은 사람들이 그를 보러 왔다.

하인 차림을 한 이도 있었고, 비단옷 차림도 있었다. 하나같이 고대 중국의 복색(服色)들이었다.

그들은 하나같이 놀라는 표정들이었고, 개중에는 그에게 가까이 다가와 뭐라고 말을 건네보는 사람들도 있었다.

그러나 그는 한마디도 알아들을 수도 없었을뿐더러, 뭐라고 반응을 보일 수도 없었다.

다만 힘겹게 눈을 깜빡여 주는 수밖에 없었다.

'나 죽지 않았다. 나 이렇게 멀쩡히 살아 있다.'

그러나 사람들의 놀람은 오래지 않아 별 대수롭지 않다는 표정으로 바뀌어 버리는 듯했다.

근 반년 동안을 죽은 듯이 지내던 사람이 다시 눈을 뜬 것은 놀라운 일일 것이로되, 그러나 여전히 손끝 하나 꼼짝 못하고 가끔씩 눈이나 끔뻑이고 있는 모양새에서 이내 정상적으로 살아 있는 사람이라는 느낌이 들지 않게 되어버린 모양이었다.

잠깐 떠들썩하게 관심을 가져 주던 사람들의 눈빛이 다시 시큰둥하게 식어버리는 것을 보고 그는 다시 아득한 절망을 느끼게 되었다.

하지만 그 쓸모없는 절망을 오래 붙들고 있지는 않았다.

그는 이미 한 가닥 희망의 끈을 잡고 있는 중이었기 때문이다.

비록 눈에 불과하지만 그의 의지대로 움직일 수 있는 신체 부위가 생겨난 것이다.

그는 오로지 눈을 깜빡이는 일에 그의 온 노력을 집중시키기 시작했다.

아무도 주의해 보지 않는 가운데 그의 눈은 끊임없이 깜빡이고 있었다. 천천히… 느릿하게… 힘겹게…….

'단 한 오라기의 가능성이라도 있다면, 나는 결코 포기하지 않는다.'

하루 온종일 그녀와 눈길을 마주치기만을 기다렸으나 결국은 늦은 밤 그들끼리만 있는 시간이 되어서야 겨우 그녀와 눈길을 나눌 수 있었다.

"하루 종일 답답하셨죠?"

그녀는 이제 의식적으로 사용 언어를 바꾸고 있었다.

깜빡!

낮 동안의 절박한 노력 때문이었는지 이제 그의 눈 깜빡임은 한결 자연스러워졌다.

그녀의 얼굴에 일시 묘한 표정이 지나갔으나 별반 놀라는 기색으로 되지는 않았다.

"도대체 공자님께 어떤 변화가 생긴 거죠?"

깜빡! 깜빡!

"공자님의 눈빛은 그대로인 것 같으면서도, 제게 느껴지는 건 마치 다른 사람이라도 되신 듯 낯설기만 하군요. 이전의 공자님은 어진 성품이었지, 결코 지금과 같은 강렬한 의지에 찬 눈빛은 만들어낼 수 없는 분이셨어요. 죽음을 담담히 받아들이려 하셨던 분이지, 지금과 같이 삶에 대한 절박한 애착을 보이는 분은 아니셨어요. 공자님께 어떤 일이 생긴 건가요?"

깜빡! 깜빡! 깜빡!

절박한 눈빛으로 연신 눈을 깜빡이고 있는 그를 한동안이나 물끄러미 바라보고 있던 그녀가 문득 가느다란 한숨을 내쉬며 혼잣말처럼 중얼거렸다.

"삼 년 전 처음 공자님을 뵈었을 때도 공자님은 온몸이 굳어 있는 상태로 거의 움직이지를 못하였고 말도 할 수 없었죠. 그래도 그때는 목도 가누고 표정과 눈짓을 통해 의사를 표현하셨어요. 물론 그것을 제대로 알아보는 사람은 없었지만요. 저도 공자님의 전속 시비(專屬侍婢)로 배정받고 일 년여가 지난 다음에야 겨우 공자님과 간단한 의사소통이 될 수 있었죠. 평생을 고통 속에서 사신 분답지 않게 공자님의 마음은 밝고 따뜻했죠. 저는 공자님이 눈빛으로, 표정으로 하시는 많은 얘기들을 들을 수 있었어요. 하지만 반년 전부터 공자님은 완전히 의식을 놓은 채로 계시다가 이제야 겨우 정신을 차리신 거예요."

추랑은 혼자서 말을 이어가다가 문득 말을 멈추고 다시 물끄러미 그의 눈을 들여다보았다.

"지금 공자님의 눈빛은 의문으로 가득 차 있어요. 혹시 제가 하는 지난 얘기들이 기억에 어렴풋하거나 혹은 아예 기억이 나지 않는 건가요?"

깜빡! 깜빡! 깜빡!

"그렇군요. 공자님께 제가 알지 못하는 어떤 일이 생긴 것이 분명하군요."

새벽이 될 때까지 추랑은 말이 없었다.

무언가 깊은 생각에 잠겨 있는 그녀의 얼굴을 보며 그는 그녀가 참 다양한 모습을 가졌구나 하는 생각을 하게 되었다. 그 다양함 중에는 어이없게도 우아함도 끼어 있었다.

'귀신 같다고까지 여겨졌던 여인의 얼굴에서 우아한 품격이 느껴진다……?'

문득 그녀의 눈빛이 선명해졌다. 한순간 어떤 결심이라도 굳힌 듯하였다.

"공자님은 이제 살고 싶으신 마음이 생긴 건가요?"

깜빡!

오랜만에 그의 눈이 깜빡거렸다.

"정말 절박하게 살고 싶으신가요?"

깜빡! 깜빡!

"만에 하나라도 살아날 수 있는 가능성이 있는 길이 있다면, 어떤 희생이라도 감수하고서 그 길을 선택하실 용의가 있는 건가요?"

그의 눈 깜빡임은 더 이상 계속되지 않았다.

대신 그의 눈빛이 무섭게 타오르고 있었다. 그의 모든 염원을 담아 간절하게.

그의 뜨거운 눈빛을 고스란히 받아내며 그녀가 조금은 딱딱한 표정으로 다시 입을 열었다.

"공자님께 과연 어떤 일이 일어났는지, 또 무엇이 공자님으로 하여금 이처럼 생에 대해 절박한 애착을 가지도록 만들었는지는 모르겠지만, 지금의 공자님을 대하면서 저는 오히려 마음이 편해졌어요. 왜냐하면 이제는 공자님과 하나의 거래가 가능할 것 같기 때문이에요."

"애기씨……!"

나직이 추랑을 부르는 손 노대의 목소리는 조심스러웠다.

그러나 추랑은 눈길을 돌리지 않은 채 가만히 고개를 저어 보였다.

"아니에요. 이제 공자님께서 의식을 되찾은 이상 공자님의 동의 없이 대법을 진행시킬 수는 없는 일이에요."

단호한 어조로 노인에게 말하고 나서, 그녀가 다시 그에게 물었다.

"공자님은 저와의 거래에 대해 자세한 내용을 들어보실 의향이 있으신가요?"

그녀는 만에 하나의 살아날 수 있는 가능성이라고 했다. 그것은 그가 이미 들어서 알고 있던 사실이었다.

그녀는 지금 그를 속이지 않고 있는 그대로를 얘기하고 있었고, 그 것만으로도 그는 그녀가 말할 거래의 내용을 신뢰할 수 있었다.

그리고 보다 근원적으로는, 그에게는 달리 선택의 여지가 없었다.

지금 이대로 알지 못하고 이해되지 않는 상황 속에서, 그리고 스스로의 의지로는 아무것도 할 수 없는 답답한 상황에서 언제까지고 목숨을 연명해야 한다면, 차라리 만에 하나의 확률이라도 있는 그 거래에 목숨을 거는 쪽을 선택할 수밖에 없는 것이다.

그는 눈을 지그시 감았다가 그가 할 수 있는 최선의 힘을 다해 부릅떠 보임으로써 자신의 의사를 표시해 보였다.

"좋아요. 이제부터 공자님과 저는 다른 무엇보다도 다만 서로의 이득과 목적을 위한 거래에만 충실하기로 해요."

■第五章

소공자(少公子) 유천학(劉擅學)

소공자(少公子) 유천학(劉擅學)

추랑은 유 공자와 교감을 나누면 나눌수록 그가 자신의 과거에 대해 아는 게 없다는 것을 알게 되었다.

아예 다른 사람이 된 게 아닌가 여겨질 정도였다.

추랑은 매일 밤 그의 잃어버린 기억을 되살리기 위해 다양한 방면의 대화를 주도하였다.

그가 전혀 대화를 할 처지가 되지 못했으니 주도하는 정도가 아니라 사실은 그녀에 의한 일방적인 대화였다.

그 대화가 얼마나 그의 간지러운 부분을 긁어주고, 또 깊이있게 진행되느냐는 오로지 그의 반응을 보고 그가 생각하는 바를 파악하는 그녀의 눈치와 재치에 달려 있는 것이었다.

다행스럽게도 그녀의 재치는 둔하지 않았고, 그가 무엇을 궁금해하는지를 쉽게 쉽게 알아내었다.

또 그의 입장에 서서 대화를 이끌려는 진심과 열의가 있어서, 그가 궁금해하는 한 가지를 알게 되면 그것과 관련되는 열 가지의 주변 사항을 말해 주곤 하였다.

그녀가 우선적으로 한 것은 유 공자가 그 자신의 내력에 대해 알 수 있도록 해준 일이었다.

유 공자로서는 자신도 모르는 자신의 내력을 남으로부터 듣게 된 셈이었다.

유천학(劉擅學)!

그는 행운과 불행을 동시에 타고난 사람이었다.

그는 당금 강호의 강남제일세(江南第一勢)인 광무궁(廣武宮)의 직계 혈족으로 태어났다.

광무궁은 원대(元代) 말에 광무사협(廣武獅俠) 유사청(劉獅靑)이 세운 문파로 오십여 년의 짧은 세월 동안 강남을 제패한 신흥 방파이다.

짧은 역사만큼이나 전통만으로 따진다면 원대에 위축되어 있다가 근래에 이르러 서서히 그 성세를 회복해 가고 있는 구파일방이나 오대세가에는 비길 수 없을지라도, 재력과 규모 등 전반적인 방파의 위세로만 따진다면 능히 강남제일세라는 말을 감당하고도 남음이 있었다.

특히 가전(家傳)인 것으로 알려진 유사청의 무공은 한때 그가 강호를 주유할 당시에 기라성 같은 고수열강(高手列强)들 중에서도 수위(首位)를 다투며 적수를 찾기 어려웠을 정도로 강호일절(江湖一絶)로 인정받은 바 있었다.

유천학은 바로 광무사협 유사청의 손자다. 그러니 그 대단한 배경으로 보자면 그는 분명 행운아인 셈이었다.

그러나 그가 또한 지독한 불행을 타고났다는 것은 아주 어릴 때 부모를 여의고 조부인 유사청의 품에서 외롭게 컸다는 점도 있지만, 그것보다는 그가 타고난 천형 때문이었다.

지금 그의 온몸이 완전히 굳어 있는 것은 사실은 아주 어릴 때부터 몸의 경직이 서서히 점진적으로 진행이 되어온 것이었다.

서너 살 때 처음 증상이 시작되어 올해 스물아홉이 되어 완전한 경직을 이루었으니, 그는 장장 이십오륙 년간을 자신의 몸이 조금씩 조금씩, 또 한 부분 한 부분씩 굳어가는 것을 느끼고 지켜봐야 하는 끔찍한 인생을 살아온 것이다.

나이 스물을 넘기면서부터는 아예 일어설 수도 없어 자리에 누워서만 지내야 했고, 추랑과 손 노대를 만날 즈음인 삼 년 전부터는 얼굴 근육을 제외한 전신의 근육이 모두 다 완전히 굳어버리는 지경에 처하게 되었다.

게다가 말까지 할 수 없게 되었으니 사람으로서는 차마 견디기 어려운 극한의 조건에서 겨우겨우 생명을 이어왔다고 할 수 있는 것이다.

더군다나 이 년 전부터는 그의 유일한 혈족인 조부 유사청마저 병을 얻어 자리에 눕고 마니, 광무궁이 아무리 크고 사람이 많다고 해도 그에게 진심으로 마음을 써주는 이가 더 이상은 없게 되었다.

그!

이전의 그가 누구였다는 것을 밝힐 방법도 없고, 또한 밝힌다고 하더라도 아무도 믿어주지 않을 상황에 놓여 버린 그.

이제는 어쩔 수 없이 유천학이 되어버린 그는 그저 허허거리고 웃고 말았다.

생각하면 할수록 모든 것은 그의 상식과 이해할 수 있는 범주를 넘어서 버린 것들뿐이었다.

생각하면 할수록 금방이라도 미쳐 버릴 것 같은 심정으로 되어버렸다.

그러니 그저 그런 저런 단편적인 생각들이 제멋대로들 떠다니도록 풀어놓고서 그것이 자신의 생각이 아닌 남의 생각이나 되는 것처럼 구경이나 할 수밖에, 그저 그렇게 허허거리며 웃어버릴 수밖에 없는 노릇이었다.

'강호… 강남제일세… 광무궁… 구파일방… 오대세가… 허허! 나는 결국 무협지의 세계 속으로 들어와 버린 것인가? 점진적인 몸의 경직이라… 그래, 루게릭병이라고 했었지, 스티븐 호킹 박사가 앓고 있다는 병이… 아마도 그런 것인가? 스물아홉이라… 이십대라… 허허! 어쨌든 좋은 나이로구나.'

그렇게… 그렇게… 그는 받아들이기로 했다.

그에게 주어진 새로운 환경을 받아들여 그 환경이 요구하는 것들을 그대로 수용하겠다는 것은 아니었다.

다만 그가 이해할 수 없고, 어찌할 수 없는 생소한 환경에 놓여졌다는 것을 인정하고 받아들이기로 한 것이다.

그 생소한 환경에서 그는 새로운 시작을 해보기로 하였다.

어찌 생각하면 산다는 것 자체가 늘 새로운 시작 앞에 놓이기를 강요당하는 일의 연속이 아니겠는가.

내년… 내일… 한 시간 뒤… 일 분 뒤… 그리고 바로 일 초 뒤의 상황과 환경은 분명히 지금 현재의 것과 같지 않은 것이니까. 연속된다는 것일 뿐이지, 동일하다는 것은 아니니까.

'나는 다시 살아간다. 나와 나에게 주어진 모든 것들의 주인으로서. 그리고 언젠가 이 새로운 모든 것들을 완전하게 통제하고 지배하게 되었을 때, 혹은 초월하게 되었을 때… 그때… 그때 나는 돌아간다. 반드시 돌아간다.'

"저는 공자님의 전속 시비예요. 공자님의 시중을 드는 게 제 소임이죠. 호호호! 사실 이 자리는 다른 자리보다는 많이 편하고 번거롭지 않아서 놓치기 싫은 자리죠. 그런 측면에서 제가 공자님의 목욕 시중을 드는 것쯤은 아무 일도 아닌 셈이죠. 그리고 이런 일은 이전부터도 해왔었던 일인걸요. 공자님의 몸은 이미 제게 익숙하고, 아마 기억이 흐려지시지 않았더라면 공자님도 제 손길이 익숙하셨을 텐데 말이에요. 호호호!"

그녀, 추랑은 지금 그의 목욕을 시키고 있는 중이었다. 짐짓 별일 아니라는 듯 호들갑스러운 웃음소리까지 내어가며.

그녀의 웃음소리가 맑다 못해 영롱하게까지 들리는 것은 이제 그녀와 허물없이(?) 친숙한 사이가 되었기 때문일까?

손 노대가 옆에서 거들어주기는 했지만 그의 온몸을 만지고 문지르는 것은 그녀의 손길이었다.

손 노대의 얼굴은 자신도 모르는 사이에 잔뜩 일그러져 있었으나 그녀의 고집이 워낙 강한 것이어서 말리지를 못하였다.

추랑은 지금 이 목욕 과정을 통해 그의 몸에서 진행되고 있는 변화들을 살펴보려고 하는 중이었다.

그 변화라는 것은 아주 미세해서 눈으로 보는 것만으로는 감지할 수 없는 것이기에, 그녀는 지금처럼 직접 만져 보고 주물러 보는 방법을 택하고 있는 것이었다.

그리고 그녀는 적어도 이론적으로는 그런 일에 대한 전문가였다.

사실 추랑이 이전부터 그의 목욕 시중을 들어왔다는 것은 거짓말이다.

만약에 추랑이 그렇게 모든 일을 혼자서 다 처리해 왔었더라면, 아마도 손 노대는 벌써 오래전에 다른 일자리(?)로 배치가 되었을 것이다.

다만 그녀는 지금 그가 혹여 부끄러워하거나 민망해하지 않도록 말을 지어내고 있는 것이었다. 혹은 그녀 스스로의 민망함을 떨쳐 버리기 위해서인지도.

또 다른 이유로, 이전까지라면 몰라도 지금의 그에게 목욕은 반드시 필요했다.

사람의 생리란 것이 너무나 정직한 것이어서 먹은 것이 있으면, 그만큼 배설하게 마련이다.

비록 그것이 지독한 독성을 지닌 맹독이었지만 그것도 하나의 음식물(?)이라고, 그의 몸은 섭취할 것은 섭취하고 나머지는 노폐물로서 배설을 하였다.

　주로는 작은 변[小便]이었지만 여하간 그의 속이 고약해서인지, 아니면 배설물의 근본이 맹독이어서인지 그 냄새는 그것의 임자인 그 자신조차도 견디기 힘들 정도로 지독한 것이었다.

　옷을 갈아입는 정도로 가실 냄새가 아니기에 목욕을 하는 수밖에는 다른 도리가 없었다.

　추랑은 처녀다.

　사내의 벗은 몸이라고는 본 적은커녕 상상도 해본 적이 없는 숫처녀다.

　그런 그녀가 지금 이렇게 태연히(?) 한 사내의, 그것도 아무리 병자(病者)라고는 하지만 젊디젊은 사내의 몸을 서슴없이 쓰다듬고 주무를 수 있는 것은, 그녀가 지금 자신이 베풀어놓은 실험 결과에 대해 관찰하는 입장이고 점검하는 입장이기 때문일 것이다.

　또한 그녀의 실험 대상인 그가 겨우 안면 근육의 일부만 살아 있을 뿐 나머지 전신은 그야말로 목석이나 다름없는 '느끼지' 못하는 몸이라는 것을 굳게 믿고 있기 때문일 것이다.

　그러기에 추랑은 씩씩할 수 있는 것이었다.

　그녀의 손길에 느껴지는 그의 몸은 참으로 이상했다.

　큰 키에 지극히 깡마른 체격이다.

　자리에 눕게 된 스무 살 이후 지금까지 최소한의 음식물만으로 근근이 목숨을 지탱해 온 데다, 최근 몇 년간은 손끝 하나 까딱하지 못할 정도로 운동량이 전혀 없었으니, 그의 몸이 지독하게 피폐해져 있는 것은 당연한 일이라고 할 수 있었다.

그러나 이상하다는 것은 막상 그녀의 손에 와 닿는 그의 피부와 근육이었다.

자세히 관찰하다 보면, 오랜 병자답지 않게 은은한 광택까지 비쳐지는 피부는 거칠지 않고 부드러우면서도 탱탱한 탄력이 있었다.

그를 두고 그녀 스스로도 철인이라 묘사한 바가 있었지만, 막상 손을 대어보니 그냥 굳고 단단하기만 한 쇳덩이(?)가 아니었다.

탄력을 가진 강철이었다.

가만히 쓰다듬어 보면 부드러웠다.

그러나 조금 힘을 주어 움켜잡으려 하면 마치 그 근육 자체가 하나의 살아 있는 생명체라도 되는 듯, 금방 팽팽한 탄력으로 돌변해 손에서 미끄러져 나가고 마는 것이었다.

쓰다듬지 않고 힘주어 문지르면 온몸 구석구석이 다 강인한 저항력으로 긴장하였다.

그런 때문에 그녀는 알지 못했다.

그의 몸 부위 중 어떤 부위가 그녀의 손길에 대해 유난히 민감하게 긴장을 하고 있다는 것을.

그녀는 어떤 분야에서는 분명 전문가적인 지식을 갖추고 있었지만, 또 어떤 분야에서는 초짜 소리를 들어야 할 처녀가 분명하였다.

그의 기이한 피부와 근육이 주는 야릇한 촉감을 마치 즐기듯이 쓰다듬어 나가다가 문득문득 그녀는 자신도 모르게 볼을 붉히곤 했다.

그러나… 정말 그러나 만약 그녀의 철석같은 믿음과는 다르게 그가 이 모든 것을 다 생생하게 느끼다 못해 한편으로는 즐기기까지 하고 있다는 것을 안다면, 그녀가 제아무리 스스로 여인임을 포기한 처지라고 하더라도 감히 그와 같은 일을 계속할 수는 없었을 것이다.

'허허허!'

의미도 없는 웃음이 자꾸만 흘러나왔다.

당황스러웠다. 그러나 기분 나쁘거나 불쾌하지 않은 당황이다.

오히려 은밀한 즐거움까지 있다.

그들은 그가 느끼지 못할 것이라고 생각하고 있는데, 막상 그는 느끼고 있기 때문이다. 아니, 이런 내밀한 느낌이라는 것은 다른 어느 때보다도 더욱더 생생하기만 하였다.

스스로의 몸이 진정 쇳덩이와 같은지, 그래서 정말로 무슨 로보트 태권브이나 마징가 제트쯤 되는 철인의 몸이 되어 있는지는 모르겠으나 그 스스로는 만져 볼 수가 없으니 알 수가 없는 노릇이다.

다만 분명한 것은 그가 느낀다는 것이다. 그의 감각이 생생하게 살아 있다는 것이다.

그것은 아마도 그의 온몸 구석구석에 뭉쳐 흐르지 않고 질기게 응축되어 있는, 그 이해불가한 기(氣)가 가득 차 있기 때문일 것이다.

또한 그녀의 손길이 주는 자극이 이토록 생생하고 감질나는 것은, 어쩌면 그의 이 새로운 육신이 젊은 이십대의 그것이어서 그런 것은 아닐까?

그러나 설혹 그렇다 치더라도 그의 정신과 의식만은 결코 청년의 것이 아니었다.

추랑이 꼭 추한 외모를 지닌 여인이어서가 아니라 경국지색의 미녀가 와서 몸을 주무른다 하더라도 혹은 그보다 더 지독한(?) 자극이 오더라도 지긋하게 눈을 감고서 몸을 맡겨둘 수 있는 여유가 있는, 그는 그런 연륜의 소유자인 것이다.

이미 적지 않은 직, 간접적 경험과 실전(?)을 거친, 쾌락에 대해 성급함보다는 느림과 느긋함의 가치를 아는 그였다.

지금 이 젊은 육체의 지배자이자 장차 이 낯선 환경에 지배받기보다는 외려 지배하고자 하는 그는 바로 그런 정신의 사람이었다.

*   *   *

이런 걸 두고 머피의 법칙이라고 했던가? 아니면 샐리의 법칙이라고 했던가?

당황스러운 일이 생기자니 연달아 생겼다.

그나마 다행인 것은 연달아 생긴 그 당황 역시 그다지 기분 나쁘거나 불쾌하기만 한 것은 아닌, 한편으로는 황홀한 당황이었다는 것이다.

그녀는 눈에 확 들어오는 미인이었다.

비록 그의 현대적(?)인 미의 기준으로 보자면 조금 동떨어진 면이 있기는 했지만, 어쨌든 흐릿하게까지 보이는 환상적인 윤곽과 이목구비의 조합을 갖춘 얼굴과 아담한 몸매를 갖춘 고전적(?)인 미인임에는 분명했다.

밤이 깊어 야심한 시간으로 접어들었을 때 갑작스럽게 방문한 그녀는 그와 둘이서만 나누어야 할 얘기가 있다며 추랑과 손 노대에게 자리를 비킬 것을 명령했다.

그로서는 당연히 처음 보는 얼굴이었지만 그녀는 분명 제법 높은 신분을 가지고 있는 모양이었다.

그가 겨우 눈만 깜빡일 줄 아는 나무토막일 뿐인 것을 너무도 잘 알고 있을 추랑과 손 노대가 아무 소리도 하지 못하고 그저 '예이!' 하고는 그냥 미련없이(?) 방을 나가 버렸다.

부드러운 선을 지닌 얼굴이다.

살짝 손을 대면 묻어날 듯 하얗고 고와 보이는 얼굴인데, 한참 동안이나 아무 표정 없이 바라만 보고 있는 그 얼굴은 사뭇 냉혹함이 풍길 정도로 차가웠다.

증오와 회한과 정리(情理)가 교차하는 복잡한 눈길이랄까.

무슨 복잡한 사연이 있는 건지 애잔한 눈길이 되었다가는, 문득 원망 어린 노려보는 눈길이 되었다가, 다시 가득 동정을 담은 애처로운 눈길이 되곤 하였다.

주로는 원망과 분노의 눈빛이다.

그것이 유천학이라는 젊은이에 대한 것인지, 아니면 그녀 스스로를 향한 것인지는 나름대로 사람의 심리를 어느 정도 읽을 수 있다고 자부하는 그로서도 전혀 짐작을 할 수가 없었다.

문득 그녀의 손이 가슴 어림으로 향했다.

'이크! 드디어 품속의 비수라도 꺼내려는 모양이구나.'

왜 그런 생각이 들었던 것일까. 아마도 그녀의 눈에 교차되고 있는 원망과 분노의 빛 때문이었으리라.

일부함원(一婦含怨) 오월비상(五月飛霜)이라. 여인이 한을 품으면 오뉴월에도 서리가 내린다고 했다.

분명 몸의 원주인(?)이었던 유천학이 그녀에게 어떤 몹쓸 짓을 했을 것이란 짐작이 설핏 스치고 지나가는 것이었다.

아마도 그가 다시 살아났다는 말을 듣고서 아예 명줄을 끊어놓기 위해서 이 야밤에 이렇듯 찾아온 것이리라.

문득 여인의 손에다 그의 목숨을 맡겨놓고서 대책없이 자리를 비켜버린 추랑과 손 노대에 대한 원망이 솟구쳤다.

'그녀는 설마 내가 비수 따위로는 아예 살갗에 기스도 나지 않는 정말로 철인이라도 되는 줄 굳게 믿고 있는 것은 아닐까?'

생각은 생각으로 이어져 하나의 유희를 만들고 있었다.

그는 언제부터인가 스스로가 처한 입장을 객관적인 관찰자의 입장으로 보는 경향이 강해졌고, 그런 때문에 지금의 이런 상황조차도 두려움보다는 호기심의 관점으로 보는 여유를 부리고 있는지도 몰랐다.

가슴 어림에서 잠시 머뭇거리고 있던 여인의 손이 어느 순간 단호함이 느껴지는 움직임으로 저고리의 고름을 풀어내었다.

이어 거침없이 치마를 묶고 있던 허리의 속대(束帶)까지 풀어내는 것이 아닌가?

스르륵!

가볍게 옷자락 부딪는 소리와 함께 저고리의 앞섶이 벌어지고, 치마가 바닥으로 흘러내렸다.

'어헛!'

놀라움인지 경탄성인지 모를 소리없는 외침이 그의 속에서 터져 나왔다.

다만 와중에도 굳이 눈을 감지는 않았으니, 놀라움만 있었던 것은 아닐 것이었다.

여인의 손놀림에는 거침이 없었다.

서두르지 않았으나 조금의 망설임도 없이 속곳과 가슴과 아래를 가린 마지막 작은 천 조각까지를 모두 떼어내 버린 그녀는 한순간에 전라로 화해 버렸다.

아아! 그것은 유등의 은은한 불빛 아래 펼쳐진 한 폭의 나녀도(裸女圖)였다.

그는 감히 눈을 감을 생각을 하지 못하였다.

지금 눈을 감는다면 애절한 빛을 담고 그를 바라보고 있는 그녀의 눈이 금방이라도 살기 넘치는 야차의 눈으로 변해 버릴 것 같은 이해 못할 두려움이 엄습하고 있었기 때문이다.

그리고 무엇보다도 사정이야 어찌 되었든 눈을 감기에는 너무나 아까운(?) 광경이기도 한 것이다.

문득 그는 남자의 입장으로 돌아갔다.

몸의 한곳으로 솟구치는 익숙한 뿌듯함을 느끼며 그는 엉뚱하게도 마음의 여유를 누리게 되었다.

'허허! 이 낯선 곳도 결국은 사람이 사는 세상이었구나.'

이 순간에 왜 갑자기 그런 생각이 드는 것인지…….

본능이라면 그의 몸을 청소(?)해 주는 추랑의 손길에서도 느꼈던 바가 있었다.

그러나 그때와 지금 그가 느끼는 감상(?)은 비슷하면서도 다른 것이었다.

감상을 느끼게 하는 대상이 미녀와 추녀라는 차이라든지 하는 그런 것은 아니었다.

직접적인 접촉에 의한 자극으로 인해 느끼게 되는 성욕은 본능이기는 하지만 타의적(他意的)이라고 할 수 있는 것이다.

그러나 역시 본능적이기는 하지만 지금처럼 다만 바라보는 것으로 느끼는 성욕은 다분히 자의적(自意的)이라고 해야 할 것이었다.

그런 미묘한 차이에서 그는 지금의 이 낯설고 이해되지 않고 수용하기 힘든 환경 하에서도, 어쨌든 그가 본능을 가지고 있는 한 사람의 남자요, 인간일 수밖에 없음을 문득 깨닫게 된 것이다. 어떻게 하든 살아갈 수밖에 없는 인간 말이다.

그녀는 나신인 채로 나직한 목소리를 내어 무어라 읊조리고 있었다.

그녀의 눈에서는 드디어 눈물이 넘쳐흐르고 있었지만 그에게는 다만 그것이 무협 영화의 한 장면, 대사를 읊는 것 정도로밖에는 와 닿지 않았다.

그녀가 누구인지, 자신(?)과 무슨 관계인지를 알 수 없었고, 또한 그녀가 지금 무슨 말을 하고 있는지 알아들을 수 없으니 무슨 막연한 감동 같은 것이 있을 리도 없는 것이었다.

다만 한 가지, 평상시 혀 꼬이는 소리로만 들렸던 중국 말도, 이런 고즈넉하고 야릇한 분위기에서 전라의 미녀가 시를 읊듯 흐느끼듯 감정에 겨운 목소리로 내어놓으니 제법 감칠맛이 나기도 하는구나 정도의 느낌은 가질 수 있었다.

그녀가 돌아간 뒤에 추랑이 그에게 물었다.

"공자께서는 진정 그녀가 누구인지 기억하지 못하십니까?"

깜빡!

"그녀는 바로 공자님의 정혼녀인 설지상(薛池湘) 낭자입니다."

그렇다 하더라도 그의 실체가 본래의 유천학이 아닌 이상 달리 어떤 감상이 있을 리 없었다.

추랑은 그런 그가 몹시도 안타까운 듯했다.

"호오! 공자님은 오늘 또 커다란 재산 하나를 잃으셨군요. 그녀야말로 강호의 뭇 젊은 호걸준재들이 흠모해 마지않는 바로 그 강남제일미(江南第一美)인 것을……."

그러나 그의 눈빛은 여전히 담담하기만 했다.

"공자님께서는 진정 모르시나요? 그녀가 방금 공자께 영원한 이별을 고하고 떠났다는 것을?"

깜빡!

"그녀는 오늘 밤 자신의 가장 소중한 것을 공자에게 주고, 대신 영원한 이별을 선언한 것입니다."

깜빡!

"그것이 무엇이냐고요? 음! 여인에게 가장 소중한 것이지요. 바로 순결이랍니다."

'순결을 내게 주었다고? 나는 아무 짓도 안 했는데……? 손 한번 잡아보지 못했는데……? 단지 알몸 한번 보여준 것이 순결을 준 것이라는 건가? 허허! 그렇다면 요즘……? 헐! 하여간 좀 인기있다 싶으면 너나 없이 마구 벗어젖히고는 무슨 누드 화보니 뭐니 해서 돈 몇 푼에 만천하에다 제 벌거벗은 몸뚱이를 공개해 버리는 애들은 아주 벌집이라고 해야 되겠다?

그의 내심에서 그런 생각들이 마구(?) 굴러다니는지를 아는지 모르는지 그녀의 혼잣말이 긴 한숨 소리와 함께 이어지고 있었다.

"휴우! 정혼이라는 것은 가문과 하늘이 정해준 숙명이거늘, 스스로 그 인연을 저버리겠다는 결심을 하기까지 그녀의 심정은 얼마나 괴롭고 참담했을까?"

한 걸음 떨어져서 그녀를 바라보고 있던 손 노대의 주름진 얼굴로도 깊은 시름이 맺히고 있었다.

그들의 슬픈 감상을 보며 그는 허탈하게 웃고 말았다. 그가 지금 할 수 있는 일이 그것밖에는 달리 없으니, 그저 속으로만 웃고 말았다.

'허허! 허허허!'

이튿날 추랑은 강남제일미 설지상이 광무궁을 떠났다는 소식을 가져왔다.

그녀는 본래 십여 일 전 유천학의 임종이 가까웠다는 소식을 듣고 정혼자의 마지막을 보기 위해 그녀의 부친과 함께 광무궁에 와 거처하고 있던 중이었는데, 오늘 아침 일찍 돌연 유천학과의 파혼을 선언하고 궁을 떠났다는 것이었다.

*　　　*　　　*

독(毒)의 투입은 칠 일에 한 번씩 계속하여 이루어졌다.

그로서는 알 수 없는 얘기였지만, 추랑의 얘기로는 그 독들이 소위 기독(奇毒)에 속하는 것들로 독을 다루는 사람들에게는 가히 보물과도 같은 것이라고 했다.

주로 생독(生毒)에 해당하는 그것들은 뭐 몇백 년 묵은 거미에다가 전갈, 혹은 지네 등등의 하여간 희귀한 것이라고 하였는데, 그러나 그가 볼 수 있었던 것은 다만 시시때때로 검고, 푸르고, 검붉은 등등으로 색이 바뀌어 나오는 액체에 불과하였으니, 그저 그런가 보다 할 수밖에 없는 일이었다.

또한 그놈(?)들이 그렇게 귀한 놈들이라면 추랑이 기껏 시비의 신분으로 그것들을 애완 동물(?)로 키울 형편도 아닐 텐데, 도대체 어디에서 그것들을 구해오는지도 의문이었다.

몸은 움직일 수 없지만 감각은 살아 있으니, 미각 또한 생생하게 살아 있었다.

비록 잠깐 그러다 말기는 하지만 일단 입 안에 들어오면 그 여린 속살을 솥 삼아 아주 부글부글, 지글지글 끓고 마는 말 그대로 지독한 놈들이었다. 게다가 맛은 이루 표현할 수 없을 정도로 얄궂다. 쓰고 시고 털털하고…….

고역이라면 그보다 더한 고역이 따로 없었다.

그러나 그게 다 다시없는 정력제이려니 하고 여기기로 했다.

살아나기 위한 유일한 가능성이 그 방법뿐이니 아무리 고역스럽더라도 악착같이 목구멍으로 삼켜야 하는데, 그나마 돈 주고도 구하기 힘든 천하에 드문 정력제라고 생각하니 훨씬 마음이 편해지는 건 사실이었다.

어쨌든 본래의 그는 역시 정력에 관심을 보일 나이였고, 실제로도 정력에 좋다는 물건에는 한 번쯤 더 눈길을 돌리는 편에 속했었으니까.

독을 삼키고 나면 그 자극으로 기의 미세한 움직임이 있었고, 그 움직임이 며칠 동안은 미약하게나마 유지가 되었다.

그 느리고도 약한 약동의 끈을 놓치지 않기 위해 그는 필사의 노력을 했다.

그런 노력의 결과로 두 달여 뒤에는 얼굴 근육의 대부분을 움직일 수 있었고, 넉 달 뒤에는 비록 조금씩이지만 목을 움직일 수 있게까지 되었다.

그동안 추랑과 손 노대는 그의 충실한 간병인이자 활동 보조인으로서의 역할을 다해주었다.

특히 추랑과는 정말로 눈빛 하나만으로도 웬만큼은 통할 정도의 정신적 교류를 이루게 되어, 그는 그녀의 손을 빌어 여러 가지 불편함을 해소할 수 있게 되었다.

의식주의 모든 게 낯선 그를 위해 추랑은 헌신적이라고 할 만큼 그의 손발 노릇을 충실히 해주었다.

아침마다 세수를 시키고 머리를 빗겨 끈으로 단정하게 묶어주는 그녀의 손길에는 풋풋한 정이 담겨 있었다.

지금의 그는 머리가 무척이나 길었다. 아마도 십 년 이상은 줄곧 기르지 않았을까 싶을 정도이다.

한 번씩 머리를 감을라 치면 이게 영 장난이 아닌 대공사가 된다.

한바탕 난리를 치르듯이 머리를 감고 나면, 다음에는 곱게 손질하여 서 위로 틀어 올려 끈으로 묶어준다.

온종일 자리에 누워만 있을 것인데도, 그의 몸가짐과 옷차림에 쏟는 그녀의 정성은 이만저만한 것이 아니었다.

옷을 한 번 입는 것도 보통 만만한 일이 아니었다.

손 노대까지 달라붙어 그의 뻣뻣하게 굳은 몸을 들었다 놓았다, 모로 눕혔다 바로 눕혔다, 한참 동안을 씨름해야만 하는 과정이었다.

그런데 추랑은 그 힘든 과정을 아침저녁으로 한 번씩은 꼭 거치곤 했다.

침상에서만 지낼 것이니 바지와 저고리 차림이면 족할 것인데, 그러면 굳이 아침저녁으로 그 난리를 치를 일도 없을 것인데 추랑은 매일 아침마다 그에게 외출 때나 걸침 직한 품이 넉넉해 보이는 장삼을 굳이 입으라는 것이었다.

추랑의 손길은 아주 야무진 데가 있었다.

장삼을 몸에 한 번 말아 앞섶을 오른쪽 가슴으로 당겨 덮어 매듭을 짓고는, 긴 끈으로 허리를 질끈 묶는다. 그리고 나서도 그녀는 늘어지고 처진 곳의 옷자락을 조금조금씩 당겨내고 추어서 세심하게 맵시를 내주곤 했다.

보통은 그 아침 몸치장에 밥 한 끼 먹을 시간이 족히 소요되었다.

그럴 때마다 손 노대의 얼굴은 편해 보이지 않았다.

손 노대는 추랑에 대해서라면 아주 끔찍이도 공경을 다하고 있었는데, 추랑이 그에게 과하다 싶을 정도로 정성을 들이는 모습을 보면서 아마도 손 노대는 마음이 언짢아지는 모양이었다.

확실히 그가 생각하기에도 추랑이 자신에게 베푸는 정성이 그들 사이에 맺은 거래 관계 때문이라고만 설명하기는 어려운 측면이 다분히 있는 것이었다.

그는 그것이 다만 참담한 지경에 처해 있는 자신에게 그녀가 보이는 하나의 동정과 같은 것이라고 생각했다.

그리고 그는 이미 그 같은 동정에 대해 무조건적인 반발과 자존심을 나타내 보일 나이(?)는 훨씬 지난 사람이었기에, 있는 그대로의 고마움으로 그 동정을 받아들였다.

그렇게 점점 시일이 지나는 동안 그와 그녀의 사이는 거래 관계에서 몇 걸음 더 나아가 훨씬 더 인간적으로 서로를 이해하는 보다 친숙한 관계로 변해가고 있었다.

그런 두 사람 사이의 관계 진전에 대해 손 노대는 내심 못마땅해하였지만, 한편으로 추랑에게서 점점 더 자주 웃음을 볼 수 있게 되는 것에 대해서는 그 역시도 기꺼운 마음이 되었다.

손 노대가 기억하기에 자신과 그녀가 중국으로 건너온 지난 십여 년을 통틀어 지금처럼 그녀가 진심으로 밝고 쾌활한 모습을 보인 적이 거의 없었던 것 같았다.

이전까지 그녀는 늘 차갑도록 차분하고 진중한 모습이었고, 푸른 얼굴로 인해 표정을 알아보기 힘든 중에도 얼굴 가득히 언제나 그늘을 띠고 있었다.

어느 때부턴가 그는 독과 물 이외에도 아주 조금씩의 음식물을 섭취하게 되었다.

비록 목 윗부분밖에, 그것도 아주 천천히 움직일 수 있을 뿐이었지만, 그 정도만 해도 이전에 비하면 천지 차이의 대단한 운동량이었다.

거기에다 듣고 생각하는 정신적 에너지의 소모량도 결코 작은 것이 아니었다.

최소한 이전에 곰이 동면하듯 거의 에너지 소모가 없던 때와는 비교할 수가 없었다.

자연히 허기가 느껴졌고 미각 또한 살아 있으니 음식물에 대한 욕구가 생기지 않을 수 없었던 것이다.

그러나 먹고 싶은 것을 마음대로 먹을 수도, 또 과식을 할 수도 없었다.

아직까지는 턱을 원만하게 움직일 정도가 못 되었으니 음식물을 제대로 씹을 수도 없었고, 그러다 보니 입 안에서부터 목구멍으로 삼키는 것부터가 여간 고역이 아니었다.

또한 장기(臟器)는 여전히 내부적으로 강하게 압박을 받고 있는 상태였기 때문에 음식물이 식도에서부터 위에까지 도달하는 과정은 물론 소화 과정 자체가 지극히 느려서, 과욕이 일어도 한꺼번에 많이 삼킬 수도 없는 처지였다.

주로는 죽 종류의 씹지 않고 삼킬 수 있는 음식이었는데, 음식물이 들어가면 위와 장이 아주 느리게 꿈틀거리며 반응하는 것이 느껴졌다. 그 또한 내부에 가득 찬 기(氣)의 반응파를 통해 느낄 수 있는 것이었다.

마치 오래 방치되어 반쯤은 삭아버린 고물 엔진이 겨우겨우 크랭킹을 하듯 그렇게 쿨럭거리며 장기들이 되살아나고 있었다.

그렇게 그의 내부에서는 몸의 일부분이 조금씩 다시 되살아나고 있었다.

아아! 그것은 본능의 위대함이었다. 생존을 위한 본능의 위대함.

그것 외에도 그는 또 하나의 정말 획기적인 진전을 이뤄낼 수 있었다.

바로 목소리도 낼 수 있게 된 것이다.

그가 거칠고 탁한 목소리로 처음 말을 시도해 내었을 때, 추랑과 손 노대는 새삼 놀라움을 금치 못하였다.

비록 발음이나 어투, 또 사용하는 단어들에 이르기까지 여러 가지로 이상하기 짝이 없는 말이긴 하였지만, 어쨌든 그것은 분명히 중원의 말이 아닌 고려의 말이었던 것이다.

"당신은⋯ 공자님은 정말로 우리말을 할 수 있었군요? 어떻게 그럴 수 있죠?"

추랑이 두 눈을 동그랗게 뜨고서 사뭇 진지하게 물었으나 그로서는 막상 대답을 할 수가 없었다.

대답할 말이야 있지만 설명할 방법이 없기 때문이다. 그 자신도 이해하지 못하고 있는 일에 대해서 어떻게 남을 이해시키랴?

"허허허! 당신과 나는 지금까지 쭉 우리⋯ 말로 의사를 통해오지 않았소?"

그의 고려 말은 점차로 자연스러워졌다.

추랑과는 물론이고, 이제는 손 노대와도 좀 애를 쓰면 자신의 의사를 전달할 수 있을 정도가 되었다.

한번은 그가 손 노대와 둘이만 있을 기회가 되어서, 그의 가슴속에 어렴풋한 짐작으로만 넣어두고 있던 정말로 궁금하고 답답했던 몇 가지 일들을 물었다.

추랑에게라면 좀 더 쉽게 자신의 말을 이해시킬 수 있을 것이었으나 다른 것에 대해서는 헌신적이라고 할 수 있을 만큼의 성의를 보이면서도 막상 자신들의 신상에 대한 것만은 아예 화제 자체를 피해가는 그녀였기에 손 노대에게 묻는 쪽을 택한 것이었다.

"노인장의 본이름은 무엇이오? 어디에서 오셨소?"

그 질문의 뜻을 이해하고 손 노대는 잠시 물끄러미 그를 바라보았다.

한동안 착잡함이 서린 눈빛을 보이던 손 노대가 흐릿하게 웃으며 입을 열었다.

"허허허! 그냥 고려의 유민이라고만 알아두시지요. 나라 잃은 망국자가 이름이 무슨 소용이 있을까. 지금은 다만 공자님의 종복 신분이니 그냥 손 노대로 불리면 족하지요."

하긴 그랬다. 그냥 서로를 지칭할 수 있는 호칭만 있으면 충분할 일이지, 본명을 알아서 무엇 할까?

그가 지금 단지 유천학, 유 공자로만 불리면 충분한 것이지, 굳이 그본래의 이름으로 불려야 할 이유도 의미도 없는 것처럼.

'가만 그런데… 망국……? 고려의 유민……?'

문득 떠오른 그 의문은 급한 어조의 물음이 되어 나왔다.

"그렇다면 지금이 고려가 멸망하고 조선이 건국한 시점이란 말씀입니까?"

손 노대의 얼굴로 잠깐 의아한 표정이 스쳤으나 그는 이내 담담한 목소리로 대답을 했다.

"그렇습니다. 수년 전, 그들은 마침내 이씨 왕조의 나라를 열었지요. 허허허!"

손 노대의 목소리에는 비감(悲感)이 녹아 있었지만, 그런 것까지 알아챌 마음의 여유가 그에게는 없었다.

그의 가슴속으로는 지금 숨 가쁜 격동이 몰아치고 있었다.

'조선 왕조면 1400년 부근이다. 아아! 그럼 내가 장장 육백여 년의 시간을 거스른 시대에 와 있단 말인가? 우리나라도 아닌 중국 땅에, 그것도 다른 사람의 몸을 빌어서……? 도대체 어떻게 이런 일이……? 도대체 왜……?

그동안도 자신이 뭔가 이해할 수 없는 상황에 처해 있다는 것을 짐작하고, 또 각오하지 않은 바는 아니었지만 막상 그 상황의 실체에 대해 좀 더 구체적으로 알게 되자 그는 다시금 극심한 혼란에 빠져 버리게 되었다.

넋을 놓은 사람처럼 되어 입을 닫아버린 그를 두고 손 노대가 방을 나간 후로도 그는 머리 속에서 이는 혼란의 격랑 속에 온전히 빠져들어 있었다.

그러나 그렇게 몇 시간인가가 지난 후에도 그는 여전히 그가 이해하고 인정할 수 있는 어떤 미약한 단서조차 잡을 수가 없었다.

문득, 만약 옆에 누군가 있다면 그가 누구라도 자신의 상황에 대해 어떻게 된 건지 물어보고 싶다는 생각이 들었다. 그것은 갑작스럽게 치민 지독한 외로움이기도 했다.

그러나 그는 이내 툴툴거리며 웃고 말았다. 상식으로는 이해할 수 없는 일이었다. 더구나 지금 이 시대에 그 누가 있어 자신의 의문에 답을 해줄 수가 있을 것인가?

갑작스러운 생각으로 타임머신이 떠오르고 아인슈타인의 상대성 원리가 떠올랐다.

그러나 그는 먼 미래를 믿을 만큼 공상적이거나 혹은 무슨 대단한 공학자도 아니어서 그가 알고 있는 정도의 과학 상식으로 지금의 이런 상황을 해석하기는 애당초 무리였다. 이건 분명 초월적이고 절대적인 어떤 존재의 장난이거나 그도 아니면 인간으로서는 이해할 수 없는 어떤 초자연적인 현상이 하필이면 그에게 일어난 결과일 수밖에 없었다.

다만 그럼에도 불구하고 이 일이 도저히 어쩔 수 없는 신의 섭리라는 따위의 생각은 들지 않았다. 아니, 그런 생각은 절대로 하지 않겠다는 반발일지도 몰랐다.

그는 이미 이전에 소위 기연이라는 것을 경험해 본 적이 있었다.

그 기연 또한 그의 상식으로는 이해할 수 없는 것이었고, 그 기연으로 인해 그는 몇 년간의 원하지 않았던 일탈을 겪은 바가 있었다.

그리고 그 일탈의 시간 동안 삼합회라는, 그 도저히 불가능해 보였던 벽을 결국은 넘어섰던 경험이 있지 않은가?

그렇다면 지금의 이 상황도 도저히 극복할 수 없을 것이라고 지레 생각을 굳힐 필요는 전혀 없는 것이었다.

물론 시간마저 초월해 버린 이 상황이 기껏 삼합회 정도의 단순한 규모의 물리력과 비교할 바는 못 되는 것이겠지만, 그러나 역시 부딪치

다 보면 분명 어떤 해법이 있을 것이라는 막연하지만 한편으로는 확신
과도 같은 그런 느낌이 드는 것이었다.

'조급하게 생각할 필요는 없는 것이다. 차라리 객관적인 입장에서
지금의 나를 둘러싸고 있는 이 모든 환경들을 천천히, 하나씩 지배해
나가는 거다. 그러다 보면 언젠가 나는 나의 운명까지도 지배할 수 있
을 것이다. 반드시……'

第六章

복립(復立), 필보(必步), 그리고 단거(短巨)

복립(復立), 필보(必步),
그리고 단거(短㤠)

다섯 달이 지났을 즈음, 그는 드디어 방을 벗어나 정원으로 나들이를 할 수 있게 되었다.

물론 그 스스로의 힘으로 그렇게 한다는 것은 아직까지 꿈도 꿀 수 없는 일이었다.

요즈음에 그는 신체 내부적으로, 특히 폐부와 장기의 기능에 있어서는 상당한 진전을 이루어내고 있었음에도 불구하고, 외적으로는 여전히 목 아랫부분에 대해서는 전혀 움직일 수 없는 상태를 유지하고 있었다.

그런 점에 대해서 그가 다소 답답해하기도 했지만, 추랑 역시도 그의 회복에 신선한 공기와 햇빛 등 실외의 좀 더 자극적인 환경이 도움이 될 것이라며 그의 외출(?)을 적극 권장했다.

처음에는 손 노대의 품에 안겨 정원으로 나와 잠시간 머물다가 다시 방으로 돌아가곤 했는데, 점차 그가 바깥에서 머무는 시간이 늘어가자 그런 방법으로는 서로가 힘이 들고 번거롭게 되었다.

더구나 요즈음에 그는 상당한 체중의 증가를 보이고 있어서 아무래도 육순을 훌쩍 넘긴 손 노대로서는 그의 몸을 다루기가 쉽지 않게 된 때문이기도 했다.

또 바깥에 나와서는 바닥에 드러누워 있을 수도 없는 노릇이라 그는 주로 손 노대의 품에 안겨 있어야 했는데, 아무리 손끝 하나 까딱할 수 없어 남의 도움을 받는 처지라 하나 같은 남자의 품에, 그것도 노인네의 품에 안겨 있는다는 것이 그로서도 솔직히 썩 내키지 않는 노릇이었다.

생각 끝에 그가 제안한 것이 휠체어와 같은 것을 만들라는 것이었다.

물론 그들이 휠체어가 무엇인지 알 리 만무하기에, 소위 설계 개념을 말로 이해시키느라 진땀을 빼야만 했다.

그 다음날로 추랑은 궁의 총관을 데리고 왔다.

풍찰(豊察)이라는 쉽게 익숙해지지 않을 것 같은 이름의 풍 총관은 오십대의 중노인이었는데, 좁고 긴 얼굴로 눈치 하나는 빨라 보이는 위인이었다.

그의 앞에 선 풍 총관이 자못 신기하다는 듯 한참 동안이나 그의 얼굴을 뜯어보고 있었다.

그 눈치가 꼭 무슨 이상한 물건을 보는 듯해서 그가 한 소리 나직한 호통과 함께 눈빛을 굳혔다.

"갈(喝)!"

그는 비록 '갈' 이라고 내뱉었지만, 어눌한 발음 덕에 그것이 '칼' 로 들렸을지 '할' 로 들렸을지는 알 수 없는 노릇이다.

다만 분명한 것은 풍 총관이 기절할 듯 놀랐다는 것과 동시에 그의 허리가 자동으로 접혀졌다는 것이다.

그리고 그 다음부터는 추랑의 차례였다.

그녀는 기다리기라도 했다는 듯—사실 그에게 호통 한마디를 치라고 미리 시킨 건 바로 추랑이었다—특유의 짤랑짤랑한 목소리로 일장 연설을 주워섬기기 시작했다.

물론 그녀의 말은 고저장단의 사성(四聲)으로 아래위로 춤추고 좌우로 비비 꼬이는 유창한 중국 말이었기에 그가 제대로 알아들을 수는 없었지만, 그래도 그동안에 애써 익혀두었던 몇몇 단어들과 눈치로 대강의 요지는 짐작할 수 있었다.

요컨대,

'대(大)광무궁주의 직계 혈손인 유천학 공자의 뜻이니, 이런 저런 요긴한 것들을 당장 준비해 주시오.'

뭐 대충 그런 뜻이었을 것이다.

그리고 보면 그동안의 외국어 공부(?)가 전혀 헛된 노력은 아니었던 모양이다.

외국어를 공부하는 가장 좋은 방법은 아주 그 외국으로 들어가서 사는 방법이다.

보통은 한 일 년쯤 지나면 유창하지는 못해도 대충의 말을 알아듣고 또 일상적인 말을 할 수 있게 된다고 한다.

간혹 아주 천재이거나 혹은 절실한 이유가 있어서 죽기 살기로 부딪쳐 가는 경우라면 육 개월 만에도 그 정도의 효과를 볼 수 있다고 한다.

그가 그런 경우에 속했다.

그가 있는 이곳이야말로 바로 외국(?)이 아니겠는가.

게다가 죽기 살기까지는 몰라도 말을 배워야겠다는 절실함이 있었고, 비록 기초가 없다고 하나 훌륭하고 자상한(?) 독선생(獨先生)까지 곁에다 두고 있지를 않겠는가.

지금 그의 처지에서 추랑은 아주 다양하게 요긴한 역할을 해주는 존재였다.

중국어 교사이자, 통역이자, 간병인이자, 개인 비서까지.

의식이 든 이후로 꼼짝도 할 수 없이 눈 깜빡임과 눈빛만으로도 필요한 최소한의 의사는 통했던 사이이니, 그녀 이상 가는 개인 비서가 또 있겠는가.

더하여 전문적이라고 할 수 있는 독술(毒術)에다 의술(醫術) 지식까지 갖추고 있고, 총명한 데다 주위에서 보이는 이 시대의 다른 여자들과는 달리 개방적이고 당찬 면모까지 갖추고 있으니, 현대적(?)일 수밖에 없는 그에게는 더할 나위가 있으랴.

다만 한 가지 다른 사람들에게 혐오감마저 줄 만한 그녀의 추한 외모가 아쉽다면 아쉬울 뿐이었다.

그러나 얼굴로만 여자의 가치를 따질 정신적 나이는 이미 지나 있는 그였다.

더구나 만약 그녀가 그런 여러 가지 뛰어난 점에다 미모마저 출중했다면, 비록 궁주의 혈족이라고는 해도 기껏 산송장 신세에 불과했던 그의 위치에서 그녀와 같은 출중한 개인 비서가 그의 시비(侍婢)로 할당되기나 했겠는가.

그런 것을 생각하면 다행스럽다는 마음이 절로 생겨나는 것이었다.

풍 총관이 다녀가고 나서 바로 다음날로 변화가 생겼다.

식구가 는 것이다.

그동안은 그와 추랑, 그리고 손 노대 이렇게 달랑 세 사람만이 지내왔으나 갑자기 사람이 셋이나 더 늘었다.

그들이 제각각 한 짐씩의 물건들을 가지고 오긴 했지만 주로는 그들 각자의 용품들인 것으로 보여서, 아마도 어제 추랑이 풍 총관에게 요구했던 것은 결국 그들 세 사람 자체였던 모양이다.

그로서도 마다할 이유는 없었다. 그렇지 않아도 좀 더 많은 것들을 접하기 위해 환경의 변화를 필요로 하던 중이었고, 변화 중에서도 주변에 새로운 사람이 생긴다는 것만큼 커다란 변화도 드물 테니까.

마침 그의 거처는 그리 좁지 않았다.

그가 방 바깥으로 나다니고 난 다음에야 알게 된 것이지만, 그가 머무는 거처는 하나의 아담한 정원을 낀 별채와도 같이 독립된 가옥이었다.

가장 큰 방은 그가 주로 누워 지내는 남향(南向)의 방이었는데, 따로 벽이 없이 문지방으로만 구분되는 두 개의 트인 방이 양 옆으로 연결

되어 있어서 그곳에서 각각 추랑과 손 노대가 기거하고 있었다.

원래는 벽이 있었던 것을 그의 오랜 병치레를 보다 용이하게 돌보기 위해 터버린 듯했다.

그 방과 직각으로 꺾여서 또 하나의 제법 큰 방이 있었다.

새로운 세 명의 식구는 그 방에서 지내기로 했다.

특이하다고 해야 할지, 아니면 다행스럽다고 해야 할지, 그들 세 사람이 모두 고려 말에 능숙하였다.

아마도 그들 역시 손 노대나 추랑처럼 고려의 유민인 것 같았고, 실제로 추랑과 손 노대, 그리고 그들 세 사람끼리는 서로를 잘 알고 있는 눈치였다.

역시나 그들 세 사람이 그의 하인으로 오게 된 것은 다분히 추랑의 의도적인 기획이었던 셈이다.

그들은 자신들이 그런 사이라는 것을 드러내지 않으려고 조심하는 눈치였고, 더불어 남들 앞에서는 일절 고려 말을 하지도 않았다.

물론 그는 이미 그들에게 남이라 여겨지는 그런 존재는 아니었다.

다행스럽게도(?) 그는 언제부터인가 그들 중의 한 사람으로 여겨지고 있었던 것이다.

그런 것에는 역시 추랑이 그에게 표시하는 친숙함과 친밀감이 크게 작용했다.

그들 세 사람은 손 노대와 마찬가지로 은연중 추랑에 대해 공경하는 기색이었기 때문이다.

추랑이 그들에게 한 첫 번째 명령(?)은 유 공자에 대한 얘기가 이미 알려진 소문 이상으로는 거처 바깥으로 나가지 않도록 하라는 것이었다.

예를 들면 그가 중국어에 능하지 못하고, 오히려 고려어에 더 능하다든지 하는 것들이었다.

그리고는 아예 고려 말의 사용 자체를 금하여 버렸다.

사람의 입이 늘어난 만큼 그렇게 근원적인 조치를 취해두지 않으면 그들 중의 누구라도 알지 못하는 사이에 고려 말이 튀어나올 수도 있는 일이고, 그것으로 인해 불필요한 오해와 번거로움을 살 필요가 없다는 얘기였다.

두 번째는 휠체어(?)를 만들라는 것이었다.

이 두 번째 명령이야말로 사실 그들 세 사람이 이곳으로 오게 된 표면적인 계기가 된 일이기도 했다.

복립(復立)이라는 조금은 이상한 이름의 사내는 그저 평범한 체구와 얼굴을 가진 사내로 삼십대 후반쯤이나 조금 더 되었으면 사십을 갓 넘긴 정도로 보였다.

장삼이사(張三李四)라고 한다더니, 정말로 그 말에 걸맞다 싶을 정도로 평범함으로 똘똘 뭉친 사내였다. 그의 시대(?)에서 한때 유행했던 '보통 사람'의 모델로 세워도 좋겠구나 하는 생각이 들 정도였다.

한 가지 특이한 것이 있다면 그 평범한 얼굴에 어울리지 않게 눈빛이 깊다는 것이었다.

그로 인해 그는 복립이라는 사내를 다시 생각하게 되었다.

결코 짧다고는 할 수 없는 그의 인생 역정에서, 그런 눈빛을 가진 사람 중에 소위 천재 소리를 들어도 좋을 만큼 머리 좋은 사람들을 여럿 보아왔기 때문이다.

이전에 그에게 형님 소리를 하던 사람들 중에서도 딱 그런 인상의 사람들이 있었다.

그들은 머리가 좋은 데다 외양마저도 엘리트답게 생기고 거기에다 자부심까지도 강한 보통(?)의 천재들과 달리 잘 드러나지 않고 또 스스로도 돋보이기를 좋아하지 않았다.

그러나 그들이야말로 천재다운 천재보다도 더욱 용의주도하고 치밀한 성격이기 쉬웠다.

아닌 게 아니라 복립은 처음부터 그가 재능이 있는 사람이란 걸 조금은 엉뚱한 분야에서 유감없이 보여주었다.

바로 휠체어에 대해서다.

그가 추랑의 통역(?)을 곁들여 대강의 설계(?) 개념을 말해 주자, 복립은 금세 그 형상을 그림으로 그려내었던 것이다.

그가 다시 서너 차례 수정할 곳을 지적해 주자, 어느새 제법 휠체어 같은 그림이 완성이 되었다.

필보(必步)라는 사내는 복립보다는 몇 살 아래인 삼십대 중반으로 보였고, 키가 크고 체격이 늘씬하게 잘빠진 사내였다.

만약에 그의 얼굴이 아름다울 미(美) 자의 미남이라고 할 만큼 곱상하게 생기지만 않았다면, 또 그에게서 하인의 복장을 벗겨내고 무사의 복장, 무복(武服)을 입혀놓는다면 제법 폼나는 무사라고 해도 참 잘 어울리겠다는 생각이 들 정도로 그는 몸이 잘빠졌다.

의식적으로 몸에 배이게 해놓은 듯 양 어깨에서 힘을 빼고 허리를 약간 구부정하게 하고 있었지만, 만약 그가 허리를 바로 펴고 어깨에 약간의 힘을 준다면 흔히 하는 말 그대로 곰의 어깨에 호랑이의 허리라는 전형적인 무골(武骨)로 바뀔 것 같았다.

그에게도 재주는 있었다.

역시 다소 엉뚱한 재주다.

바로 무엇을 만들어내는 손재주였다.

복립에 의해 설계 도면 격인 그림이 완성되자, 그 잘생긴 총각(?) 필보는 어디선가 목재며 수레바퀴며 못 등등을 잔뜩 주어와서는 이내 뚝딱거리며 뭔가를 만들기 시작했다.

그리고 며칠 뒤, 정말 그럴듯한 휠체어 한 대가 탄생했다.

비록 나무로 된 휠(Wheel)을 가진 체어(Chair)였지만, 모양새가 제법 그럴듯했고, 또 제법 잘 굴러갔다.

다만 한 가지 아쉬운 것은 앉을 시트나 바퀴에 인체 공학적(?)인 배려가 전혀 없어 쿠션이 영 엉망인 것이었지만, 그가 어찌 더 이상의 것을 바랄 수 있었겠는가.

셋 중 마지막은 단거(短巨)라는 이름의 사내였다.

앞의 다른 두 사내의 이름이 다 이상한 것이었지만, 단거라는 이 이름이 가지는 이상함만 하겠는가.

단거라, 글자의 뜻 그대로는 짧고 크다는 의미다.

그런데 그의 생긴 모양을 보면 이름에서 풍기는 그 이상함이 더 이상 이상하지 않고 참으로 그럴듯하다는 생각을 하게 되는 것이었다.

누가 지었는지 참으로 마땅하고도 어울리는 이름을 지어놓았다 싶어지는 것이다.

결코 작은 키는 아니다.

다만 위로 뻗은 것보다는 옆으로 너무 쏠리게 퍼졌다.

게다가 목이 거의 어깨에 달라붙다시피 하였으니 실제로는 보통 사람들보다 머리 하나는 더 큰 키이면서도 짜리몽땅하게만 보이는 것이었다.

그것은 그가 얼마나 옆으로 심하게 퍼졌는지를 여실히 나타내 주는 것이기도 했다.

미련해 보이나 군살은 없었다.

옷을 벗겨보지 않았으니 적나라하게 알 수는 없는 노릇이었지만, 웬만한 아이들 허벅지 굵기는 되는 팔뚝이 온통 힘으로 불뚝거리는 모양새 하며, 한 번씩 힘을 쓸 때마다 그 커다랗고 풍성한 저고리 바깥으로까지 두드러져 보이는 가슴과 어깨 근육만 보더라도 그는 분명 온 몸뚱어리 전체가 우락부락한 근육질로 이루어졌음이 분명했다.

그가 움직이지 않고 가만히 서 있으면 마치 작은 동산 하나가 서 있는 것 같았다.

그러나 그 엄청난 근육질의 덩치에도 불구하고 그가 험악해 보이지 않는 것은 그의 생김새가 다분히 희극적(?)으로 생겼기 때문이다.

우선 그는 머리털이 하나도 없었다.

일부러 깎은 것이 아니라 원래부터 타고난 민둥산이 같았다.

얼굴의 피부와 머리 가죽의 구분이 없다는 것이 보다 적나라한 표현일 만큼 그는 이마가 넓었다.

게다가 가만히 있어도 웃는 얼굴상인데, 실제로도 아주 낙천적인 성격인지 늘 웃음을 짓고 있었다.

그러다 보니 어떨 때 보면 아무 생각이 없이 속이 좋기만 한 사람, 이 시대에도 그런 말이 있는가는 모르겠지만 소위 호구라는 말이 더할 나위 없이 잘 어울리는 인상이었다.

솔직히는 좀 모자라는 사람 같아 보인다.

민둥산의 머리에 어울리지 않게 얼굴은 왜 또 그렇게 동안(童顔)인지…….

생각없이 마냥 웃고 있는 그를 보노라면 꼭 꿈꾸는 열일곱 살 홍안(紅顔)의 소년을 보고 있는 듯하였다. 조금 징그러운 소년이겠지만.

그러나 그 자신은 자신의 나이가 삼십이 훨씬 넘었다고 강력히 주장하였다.

다른 일이라면 설혹 그것이 다소 억울한 일이었어도 그냥 웃고 넘어가고 말 인물인데, 유독 나이 얘기만 나오면 그것이 그냥 우스갯소리로 하는 것이라도 굳이 자신의 나이 들었음을 악착같이(?) 항변하고 나서는 것이었다.

아마도 나이는 그에게 하나의 컴플렉스가 되어 있는 것 같았다.

그런데 그의 나이가 삼십이 넘었다는 것은 아마도 사실인 모양이었다. 다른 사람들이 한결같이 증언해 주는 걸 보면.

복립이야 이미 사십대로 인정이 되고 있었고, 또한 그의 행동거지나 말투 하나하나에서도 자연스러운 관록이 배어나고 있었기 때문에 필보나 단거가 추호의 이의도 없이 손위 형님처럼 대우해 주는 바가 있었다. 흥미로운 것은 필보와 단거, 두 사람의 관계였다.

외양으로 보기에 단거는 필보의 동생, 그것도 막냇동생쯤으로나 보이는데도, 정작 단거 자신은 필보에 비해 자신의 나이가 결코 작지 않다며 말을 터는 것은 물론이고 모든 점에 있어서 아주 친구처럼 필보를 대하는 것이었다.

그러나 정작 필보 자신은 또 전혀 어색하지 않게, 거리낌없이 그런 단거를 인정해 주고 있었다.

그렇게 필보와 단거는 아주 어울려 보이지 않는 한 쌍(?)이면서, 막상 그들 두 사람은 아주 절친한(?) 교분 관계를 과시하고 있었다.

사람들이 단거에 대해 인정해 주는 것이 또 하나 있었다.

사실 그것은 그들 몇 사람만 인정하는 것이 아니라, 그를 알고 있는 광무궁 내 사람들이 모두 다 한결같이 인정해 주는 것이었다.

순수한 힘으로는 그를 능가할 사람이 적어도 광무궁 내에서는 없다는 것을.

그것은 광무궁의 하인들뿐만이 아니라 무사들을 다 합친 중에서도 마찬가지였다.

다만 그는 미련스럽게 생긴 외양 그대로 막상 무예에는 아주 젬병이라 누구 칼 찬 사람만 하나 옆으로 지나가도 그 순한 얼굴에 움찔하는 기색이 아주 역력해지고 마는 심약(心弱)한 사람이었다.

어쨌든 그 힘에 걸맞게 단거가 새롭게 맡은 일이 하나 있었다.

그것은 그가 하는 것이 가장 잘 어울리는 일이었다. 바로 휠체어를 밀고 끄는 일이었다.

그의 힘이 얼마나 대단한지, 일단 그에게 휠체어의 운전을 맡기면 그 나무로 만든 휠체어는 바로 최신식의 전동 휠체어(?)나 다름없게 되었다.

평지에서는 나무 바퀴로 굴러가고, 조금 굴곡이 있는 지형 같으면 아예 번쩍 들어서 가슴으로 안고 가니 못 가는 곳이 없는 휠체어가 되기 때문이었다.

목을 조금씩 움직이고 말을 할 수 있게 된 이후로 더 이상의 진전은 없는 듯했다.

아마도 좀 더 큰 자극이 필요한 모양이었다.

몸은 독에 대해서 점점 내성을 보이고 있었다.

본래부터 중독 증상을 보였다던가 한 것은 아니었지만, 이제는 독을 복용해도 더 이상 뚜렷한 자극이 오지를 않는 것이다.

질기고도 엄청난 기가 여전히 단단하게 뭉쳐 있는 목 아래쪽으로 자극을 줄 수 있는 보다 강력한 수단이 필요했다.

보다 근원적인 자극이 필요했다.

지금은 비록 독에 의한 간접적이고 타성적인 자극 방법을 취할 수밖에 없지만, 결국에는 스스로의 의지에 의한 직접적인 자극만이 유일한 해법이라는 것을 그는 확신하고 있었다.

그 확신의 근간에는 바로 십사동세(十四動勢)가 있었다.

십사동세는 그가 스승께 전수받은 유일한 무예이다.

그것 자체만으로는 어떤 형(型)도 술(術)도 되지 못하는, 다만 몸과 근육을 움직이는 요결(要訣)에 불과한 것이었지만, 그러나 십사동세야말로 외공의 최고봉이라고 그는 자부하고 있었다.

그가 지난 일탈의 기간 동안 대한민국의 주먹계는 물론 삼합회와 야쿠자의 그 기라성 같은 고수들과의 승부에서 언제나 여유를 보일 수 있었던 것도 바로 십사동세가 바탕이 된 덕분이었다.

물론 묵환의 기연에 의한 내공 덕분이 있기는 했지만, 그러나 만약 십사동세가 없었다면 그저 힘이 좀 센 정도이지 그 엄청난 수련의 깊이와 현란한 기예들을 지닌 최고의 고수들과의 승부를 감히 감당해 낼 수 없었을 것이다.

사람의 신체 중에서 타격기(打擊伎)로 응용할 수 있는 열네 부위, 즉 양손과 양 발, 양 무릎과 양 팔꿈치, 양 어깨, 그리고 머리와 등, 배, 마지막으로 엉덩이까지를 가장 효과적으로 또 가장 위력적으로 사용할 수 있는 원리를 담고 있는 것이 바로 십사동세다.

관건은 바로 허리였다.

십사동세가 바로 허리의 움직임에서부터 출발을 하거니와 허리를 쓸 수만 있다면… 아니, 조금만 꿈틀거리기라도 할 수만 있다면, 그것으로부터 어떻게 하든지 몸의 기능들을 되살려 낼 수 있을 것 같았다.

보
라

겉으로 보기에 다만 주인과 하인의 관계라는 것 말고는 특별하게 다른 관계를 이루어내기 어려워 보이는 사이였음에도 불구하고, 그들은 상당히 독특하다고 할 수 있는 관계를 구축해 가고 있었다.

그런 걸 두고 소위 뭉친다고(?) 하는 것일까?

그것은 그들 이외의 외부에 대해서는 다소간의 배타성마저 띠는 그런 관계였다.

물론 그런 배경에는 그들이 그를 제외하고는 추랑을 중심으로 한 모종의 관계로 해서 이미 뭉쳐져 있었던 데다가, 이제 다시 그를 포함한 그들만의 비밀을 공유하는 입장으로 되었다는 이유가 있을 것이었다.

사실 처음에 그는 형식상의 주인일 뿐이었다.

굳이 거래가 아니더라도 그에게 헌신적인—어쩌면 여인 특유의 모성애가 발휘된 동정인지도 모르겠지만—추랑을 제외하고 나면, 나머지의 인물들이 그에게 진정을 보일 이유라고는 조금도 없는 것이었다.

더구나 그는 목 아래로는 꼼짝도 하지 못하는, 겨우 얼굴 근육이나 움직이고 어눌하게 말을 하는 정도에 불과한 중증 장애인이 아니던가?

그들이 가까이 다가서지 않는다면 하루 종일을 같이 지내도 말 한마디 나눌 일이 없는 사이였다.

그럼에도 불구하고 그는 점차로 그들 사이의 일원으로서 스스로의 위치를 잡아가고 있는 중이었다.

그나 그들, 누구도 의식적이거나 의도적이지 않았지만 그들은 그렇게 서로의 존재를 인식하고 조금씩 인정해 나가고 있는 중이었다.

표면적인 주인과 하인의 관계에서 조금씩 인간적인 정을 붙여 나가는 그런 사이로.

그들의 관계가 짧은 시간에 그처럼 대단한(?) 진전을 보이게 된 데는 특별하다면 특별하달 수 있는 계기가 있었다.

그것은 답답한 처지에 있던 그에게 하나의 흥미 거리가 되었을 뿐만 아니라, 또한 그들 모두가 공유할 수 있는 흥미 거리였기에 사실상 그들을 친숙하게 만들어준 직접적인 계기가 된 것이기도 했다.

복립으로 인해 생긴 흥미 거리였다.

사실 그는 복립에 대해서는 처음부터 천재라고 규정을 지어놓고 나서, 보통의 범인(凡人)이 천재에게 가지기 쉬운 약간의 거부감을 가지고 있는 상태였었다.

그것은 아주 막연한 거부감이 아니라 그가 이전에 겪었던, 그와 아주 가깝고 친밀한 관계에 있었던 몇 명의 천재들과 인간관계를 처음

맺을 때 결코 쉽지 않았던 기억이 있기 때문이기도 했다.

그런데 의외였다.

복립은 아주 평범하게 생긴 그대로, 또 스스로 돋보이지 않으려는 것이 몸에 밴 듯한 그의 언행처럼 그를 대하는 데도 아주 스스럼이 없었고 서글서글했다.

때문에 며칠이 지나기도 전에 그는 미남이지만 별말이 없는 필보보다도, 또 마냥 천진한 웃음으로 사람으로 하여금 전혀 경계하는 마음이 들지 않게 하는 단거보다도 오히려 복립과 더욱 친해지게 되었다.

복립은 그의 말을 곧잘 이해하는 편이었고, 무엇보다도 말 상대가 되었다.

사십 부근의 나이인 복립과 그는 물론 살아온 인생의 환경이나 형태를 보자면 시대 자체가 다르니 비교할 수 없을 만큼의 의식 차이가 있다고 해야겠으나 다만 인생이라는, 그 역정의 연륜과 시간과 길이로 본다면, 또 관조의 깊이로 본다면 누구보다도 말이 통할 수 있는 사이였던 것이다.

말이 통한다는 것을 제외하고도 흥미 거리라고 한 것은 바로 한 마리의 매였다.

복립이 일 년여 전에 우연히 날개를 다쳐 날지 못하는 놈을 잡아와서 치료를 해주었는데, 그때 놈을 길들였더니 놈이 이제는 아주 복립을 주인처럼 따르며 주변을 맴돈다는 것이다.

가끔씩 먹이를 주기도 하지만 주로는 제가 알아서 사냥을 하는데, 어떨 때는 며칠에 한 번씩 나타나기도 하고 또 어떨 때는 십여 일이 넘도록 보이지 않다가 아주 날아가 버렸는가 하면 문득 돌아오곤 한다는 것이었다.

시야가 겨우 미치는 까마득한 허공에서 매가 자유로이 활공하다가 말 그대로의 급전직하(急轉直下), 아래로 내리 꽂히는 그 환상적인 비행을 보고 그는 감탄과 위안을 동시에 맛볼 수 있었다.

어쩌다 하늘에 작은 새 떼라도 무리 지어 날아갈 때면 어디선가 날아오른 매는 마치 양 떼 속에 뛰어든 늑대처럼 새 떼를 이리저리 몰고 다니는 장관을 연출하기도 했다.

그 늠름한 위용과 공중을 마음대로 휘젓는 그 유연한 비행은 그로 하여금 아예 입을 다물지 못할 만큼 매료되게 만드는 것이었다.

복립이 해주는 매에 대한 잔잔한 얘기들도 그의 흥미를 끌기에 충분했다.

이 시대의 천재는 다방면에서 다 천재인 것인지, 복립은 매에 관해서도 해박한 지식이 있었다.

매란 놈이 맹금(猛禽)이라 용맹하기는 하나 성질이 아주 신경질적이고 경계심과 공포심이 많아서 길들이기가 쉽지 않은데, 이놈은 유달리 사람을 잘 따르는 별종이라고 했다.

하긴 사람도 생긴 모습과 성질이 다 제각각이라 고집 세고 급한 사람이 있는가 하면 순하고 어진 사람이 있는 법이니, 매라고 해서 그러지 말라는 법도 없을 것이었다.

이름이 무엇이냐고 물었더니 복립은 그냥 매라고만 부른다고 했다. 이름을 아직 안 정했다는 것이다.

말이 나온 김에 복립은 그에게 이름을 정해보라고 권했다.

언뜻 흥미가 당기기도 하여 그가 잠시 생각해 보니, 그가 아는 말 중에 보라매라든지 송골매라든지 하는 따위가 있었다.

그런데 보라매에서는 공군과 관련된 이미지가, 그리고 송골매에서는 한때 잘나가던 그룹사운드가 언뜻 떠오른다.

안 그래도 요즘에는 그의 원래 성질(?)이 슬슬 살아나고 있던 터에 기껏 매 한 마리의 이름 가지고 너무 신경을 쓰는 것도 그렇고 해서 그냥 보라매에서 앞의 두 자를 따 보라로 하면 어떻겠느냐고 했다.

그런데 막상 그래 놓고 나니 조금은 이상하기도 했다.

'보라……? 뭘 보라……?'

복립도 마침 그런 생각을 했는지 어울리지 않게 싱긋이 웃음을 쪼개고 있었다.

"사실 적당한 이름은 아니라고 해야겠지만, 공자께서 그리하자고 하시니 그냥 그렇게 부르도록 하지요. 어차피 이름이라는 것이 부르다 보면 익숙해지는 것이지, 달리 처음부터 옳고 그름을 따질 것은 아닐 테니까요."

뭐가 잘못되었는지는 알아야 찜찜함이 가실 것이기에 그가 다시 물어보니 복립이 설명을 하는데, 원래 매 중에서 만 일 년이 안 된 어린 매, 즉 그해에 난 햇매를 보라라고 부른다고 했다.

그러니 이미 몇 년은 된 성조(成鳥)에게는, 그런 식으로 이름을 붙이자면 수진이나 산진이라고 하는 것이 맞는데, 사람의 손을 탔으니 수진이라고 하는 것이 보다 맞을 것이라는 얘기였다.

어쨌든 그놈은 그렇게 해서 보라로 불리게 되었다.

특히 낮 동안에는 그가 홀로 있는 시간이 많았기 때문에, 복립은 그를 위해 보라에게 한 가지 훈련을 시켰다.

보라가 좀 더 가까이 그의 주위로 날아올 수 있도록 하는 것이었다.

그것을 위해 복립은 자주 그의 가까이에다 먹이를 놓아두고 휘파람으로 보라를 불렀는데, 보라가 가까이까지 날아 내려와 먹이를 채어서는 다시 날아오르는 것을 보고 그는 어린아이처럼 즐거워했다. 보라의 그 유연한 비행이 지금의 그에게는 못내 부러웠기 때문일 것이다.

그런데 얼마 후에 아무도 예기치 못한 사태가 벌어졌다.

마침 복립이 잠깐 다른 일을 하는 사이였는데, 누가 생각없이 보라의 먹이를 담은 그릇을 그의 가슴 위에다 올려두었던 모양이었다.

가까운 공중에서 맴을 돌던 보라가 그의 가슴으로 내려와 앉아버린 것이었다.

"으앗!"

비명인지 환호인지 그에게서 한 소리 탄성이 터져 나왔고, 그 소리에 언뜻 고개를 돌린 복립은 그만 질겁을 하고 말았다.

본래 성조가 된 매의 발톱은 보통 날카로운 것이 아니어서, 특히 공중에서 날아 내려와 어떤 곳에 앉게 될 때에 발톱으로 꼭 움켜잡게 되면 웬만큼 질기고 단단한 것이라 하더라도 멀쩡히 견뎌내기가 어려웠다.

그러기에 매를 다루는 사람들이 팔목이나 어깨에다 가죽을 덧댄 토시를 차는 것인데, 그런 보호 장구도 없이 얇은 장삼 차림인 그의 가슴에 보라가 그대로 내려앉았으니 복립으로서는 기겁을 하는 게 당연했다.

그러나 놀라 달려온 복립은 어이가 없었다. 그가 매를 가슴에 앉혀놓고도 마냥 신기하고 재미있다는 표정을 짓고 있었던 것이다.

'감각이 없어서 그런 것인가?'

복립으로서는 그렇게 생각할 수밖에 없는 것이, 그가 철인의 신체를 가지고 있다는 것은 사실 추랑과 손 노대만이 아는 사실이었고, 복립 등 나머지 사람들은 알지 못하는 일이었기 때문이다.

어쨌든 놀란 복립이 급히 보라를 날려 보내고 나서 그의 가슴을 살펴보니, 가슴팍의 장삼은 몇 갈래로 찢어진 테가 선명한데 막상 그 사이로 보이는 그의 살갗은 멀쩡해 보였다.

복립이 한편 의아하고, 또 한편으로 신기한 생각까지 들어 그의 가슴 부위 앞섶을 헤쳐 보려는데, 마침 그의 외침을 듣고 급한 걸음으로 다가 온 추랑에게 여지없이 한 소리 꾸중을 듣고 말았다.

그런데 그 꾸중이 또한 요상한 것이어서 복립은 끝내 멍한 표정이 되고 말았다.

"하필이면 오늘 아침에 갈아입은 옷을 이렇게 만들어놓으면 어떻게 해요?"

그런 한바탕의 소란이 있고 난 후에 그들은 입지 않는 헌 옷가지를 그의 가슴에다 깔아놓고 보라가 다시 내려앉도록 애를 써야만 했다.

그가 자신의 가슴에 내려앉아 진노랑색의 눈을 빛내고 있는 보라를 보는 것을 너무나 즐거워했기 때문이었다.

보라가 그렇게 그와 가까이 지내다(?) 보니, 수시로 먹이를 챙겨주고 깃털을 매만져 주는 등 보라의 수발(?)을 드느라 필보와 단거도 자연히 보라와 가까워지게 되었다.

물론 보라는 그중에서도 복립을 가장 따랐다.

나름대로는 원주인에 대한 충성과 의리를 지킨다는 것을 보여주기라도 하듯이.

보라가 직접적인 계기가 되긴 했지만 그들 간의 관계가 그처럼 친숙하게 된 것에는 또 하나의 아주 엉뚱한 요인이 있었다.

사람 사이의 사귐이란 것이, 또 정이란 것이 대개는 논리적이고 이성적인 것에서 시작되는 것이 아니라 사소하고 감정적인 것에서 시작되는 것이 맞는 모양이었다.

엉뚱한 요인이란 것은 바로 그의 어눌한 말투였다.

요즘에 들어 그의 고려 말은 그런대로 제법 격식이 갖춰지고 또 익숙하게 되었다고 할 수 있었으나 상대적으로 중국 말은 어느 정도 단계에 오른 뒤부터는 별 진전을 보이지 못하고 있었다.

제법 말을 알아듣고 겨우 자신의 의사 표시를 하는 정도까지는 되었는데, 특히나 말을 하는 것에 있어서는 이제 젖 떼고 한창 말을 배우는 아이들이 하는 정도에서 크게 벗어나지를 못했다.

비록 움직이지 못하는 신세이나 그래도 나이가 서른(?)이 다 된 어른인데, 그의 말투란 것은 사정을 잘 알지 못하는 사람이 들었다면 한마디로 개차반이라고 할 정도로 엉망이었다.

하기야 본래의 그가 스스로를 지극히 평범한 사람이라고 늘 남에게 강변(?)하는 사람이거니와 그가 다만 몇 개월을 배웠대서 그래도 명색이 외국어인 중국어에 대해 아주 유창하게 리스닝과 스피킹이 된다면 그게 더 이상한 일이 될 것이다.

그나마 남이 하는 대강의 말을 알아듣고, 또 비록 앞뒤가 맞지는 않지만 그래도 가만히 듣다 보면 무슨 말을 하고 있는지 남들이 그 뜻을 알아들을 수는 있게 말을 하는 것만 해도 대단한 일이라고 해야 했다.

더구나 요즘에는 고려 말을 쓰지 못하도록 한 추랑의 특단 조치 때문에 갑작스럽게 개인 교습(?)마저 받지 못하게 된 그의 중국 말은 궁여지책으로 나름대로의 독특한(?) 체계를 갖춰가고 있는 측면도 있었다.

하대는 기본이요, 핵심어로만 문장을 말하다 보니 처음 듣는다면 무례함을 넘어 어디 꼭 뒷골목 잡배들의 막 나가는 말 같기도 하였다.

처음에 그가 복립 등에게 무엇을 말할 때는 그것이 주종 간의 대화라기보다는 꼭 무식한 두목이 밑의 졸(卒)에게 명령을 내리는 것과 같이 되어버렸으므로, 복립 등을 난처하게 만들어 버리는 경우도 종종 있었다.

그나마 복립 등이 추랑으로부터 미리 그의 사정을 들어 알고 있었고, 또 어차피 주종 간의 관계를 고수해야 할 입장이니 그저 '예이!' 하고 받아들이곤 하였다.

그런데 하루 이틀 그렇게 하다 보니 슬슬 재미있다는 생각이 들기도 하는 것이었다.

비록 복립 같은 경우 그 나이가 사십에 이르렀고, 또 필보나 단거가 다 삼십의 중반에 이른 사람들이라고는 해도, 재미있는 일에 대해서 관심이 쏠리는 것은 인지상정(人之常情)이라고 해야 할 것인데, 그것에 나이가 무슨 상관이 있으랴?

그 어눌하고 거친 말투로 인해 그들은 자신들의 주인이며 온종일 누워만 지내는 그와의 대화를 껄끄럽거나 따분하게 여기기보다는 오히려 재미있게 여기게 되었다.

그리하여 한마디만 하면 될 말도 두 마디를 하게 되니, 자신들도 모르는 사이에 서로가 가깝게 여겨지고 친숙한 관계로 되게 되었던 것이다.

　다만 추랑이 보기에 그들 사내들의 관계란 것은 서로 친숙하다기보다는, 약간은 희화화(戱畵化)된 뒷골목 조직의 관계처럼만 보였다.

■第八章

자객(刺客)

자객(刺客)

자시(子時), 이곳의 시간 개념이다.

아마도 자정은 넘었고, 새로운 하루가 시작되는 신새벽쯤이 된 것 같았다.

그는 설핏 잠이 들었었는데, 문득 익숙하지 않은 기척에 잠에서 깨어나게 되었다.

딱히 무슨 소리를 들은 것은 아니었는데 그냥 익숙하지 않은 어떤 느낌을 받게 된 때문이었다.

몸을 움직일 수는 없었지만 요즘 그의 감각은 예전보다도 오히려 더욱 민활하고 예리해졌다고 할 수 있었다.

언뜻 고개를 돌려보니 좌우의 옆방에서 추랑과 손 노대가 잠든 모습이 보였다. 조금 귀를 기울여 보면 그들의 고른 숨소리가 들렸다.

소리없이, 정말 소리도 없이 방문이 열렸다.

평상시 열고 닫을 때면 장석(裝錫) 부위에서 삐걱대는 소리가 나곤 하던 문인데 사방이 적막한 가운데서도 정말 조용하게, 그래서 등골에서 무언가가 삐죽 솟아나는 느낌을 주며 소리없이 스르르 열렸던 것이다.

그리고 희뿌연 달빛을 배경으로 검은 그림자들이 마치 허공을 부유하는 허깨비처럼 방 안으로 미끄러져 들어섰다.

검은색의 야행복에 복면을 한 세 명이었다.

'자객이다.'

무슨 근거로 그런 외침을 속으로 삼켰는지는 모르겠으나 보는 순간 그들이 바로 자신을 노리고 온 자객이라는 것을 알 수 있었다.

그들의 특이한 행색에서 예전에 보았던 무협 영화의 한 장면을 떠올렸는지도 모르겠으나 그 이전에 이런 야심한 시각에 그것도 소리없이 남의 거처를 침입해 들어오는 자들이라면 좋은 이유로 왔을 리는 없을 것이 아니겠는가.

두 명이 각각 손 노대와 추랑에게로 미끄러져 갔다.

그 움직임이 얼마나 은밀했던지, 눈으로 그들의 움직임을 보고 있으면서도 그들이 실체인지 아니면 환영인지를 구분하기가 어려웠다.

그만큼 그들의 움직임은 일체의 소리가 배제되어 있었을 뿐 아니라, 마치 바닥을 딛지 않고 허공을 떠다니는 귀신이나 유령을 보는 듯 가벼웠다.

'이런……!'

속으로 경호성을 내면서도 그는 막상 입 밖으로 소리를 내지 않았다.

지금 상황에서 소리를 내어보았자 오히려 저들을 경동시켜 자칫 사람만 상하게 될 공산이 컸다.

이 긴급한 상황에서 그런 생각까지 다 하고 있는 스스로를 발견하고 그는 문득 '핏' 하는 웃음을 삼켰다.

이런 게 소위 간담이 크다는 것과 통한다면, 그의 간담은 이전의 몇 년간 밤의 세계를 누비던 때보다도 훨씬 커져 있는 것일 터였다.

사실은 저들의 목적이 기껏 하인이나 시비 정도를 어떻게 해보자는 데 있지는 않을 것이니 그들이 갑자기 깨어나서 방해만 되지 않는다면 굳이 해치기까지야 하랴 하는 생각이 들었다. 또한 연약한 여인 한 명과 노인네 한 명이 깨어난다고 해서 막상 그들이 이 상황에 어떤 도움이 될 것 같지도 않았다.

복면인들은 추랑과 손 노대의 코밑에다가 무엇인가를 한참 동안 대고 있더니 이내 그의 침상 앞으로 다가왔다.

아마도 무슨 마취제 같은 것으로 그들 두 사람을 혼미 상태로 만들어놓은 모양이었다.

문득 그가 다시 떠올린 생각 하나,

'혹시 무협지에서 자주 본 바 있던 그 무슨 미혼향(迷昏香)쯤 되는 것일까?'

그리고 연이어 꼬리를 물고 떠오르는 더욱 황당한 생각들.

'크헐! 나도 더 이상은 모르겠다. 무슨 뾰족한 방도가 있는 것도 아니고. 될 대로 되고, 쩔라면 째라고 하는 수밖에. 가만……? 추랑은 내가 무슨 철인(鐵人)의 몸을 지녔다고 했다. 그래서 그 독한 무슨 절대기독에도 몸이 녹지 않고 멀쩡할 수 있다고 했지 않던가? 그 말이 정말이라면 철인의 배를 어떻게 째나? 허헐! 그렇다면 적어도 칼에 찔려 죽는 불상사 따위는 안 당해도 되는 게 아닐까?

혹시 그랬던 것인가?

그가 처음부터 겁도 없이 마음으로나마 무모한 만용을 부리고 있었던 진짜 배경은 바로 그런 엉뚱한 믿음 때문이었을까?

기척도 없이(?) 눈만 말뚱거리고 있는 그의 모습 때문이었는지 그와 눈을 마주친 복면인들이 미미하게 흠칫하는 기색을 보였다.

그러나 그들은 곧 눈빛을 차갑게 가라앉혔다.

바로 가까이에 있던 복면인이 눈빛을 굳히더니 품속에서 비수 한 자루를 꺼내 들었다.

어슴푸레한 어둠 속에서도 날카로운 빛을 뿌리는 것을 보면 날이 잘 서 있는 것 같았다.

그때 다른 복면인 한 명이 가만히 고개를 저어 보였다. 아마도 그자가 셋 중 우두머리인 모양이었다.

처음의 복면인이 비수를 다시 품속으로 갈무리하고 잠시 침상 주변을 살피더니 곧 그의 머리 밑에서 베개를 빼내었다.

무슨 짓을 하려나 하고 바라보고 있는데, 베개가 얼굴로 올려지더니 지그시 입과 코를 압박해 오는 것이었다.

'이놈들이……?'

그랬다. 그들이 택한 것은 질식사였다.

"컥컥!"

생각지 못한 상황에 미리 숨을 들이켜 놓을 경황도 없었던 터라 금방 숨이 막혀왔다.

막상 숨이 막혀오자 극심한 공포가 함께 몰려왔다. 이제야 이 위기가, 죽음이라는 공포가 바로 자신에게 닥친 상황이라는 것을 새삼 절실하게 깨닫게 된 것이었다.

할 수 있는 마지막 용을 다하여 도리질을 쳤다.

비록 도리질에 불과하였지만 그의 절박한 몸부림은 이전까지 그가 할 수 있었던 어떤 움직임보다도 거세고 격렬했다.

금방이라도 숨이 끊어질 것 같은 다급함으로 고개를 비틀어대다가 언뜻 그를 바라보고 있는 추랑의 눈길을 보았다.

어찌 된 일인지 추랑은 지금 두 눈을 뜨고 차분한 기색으로 그를 바라보고 있었다. 침상에 누운 자세 그대로.

'살려줘!'

마지막 지푸라기라도 잡는 심정이 되어 할 수 있는 최대한의 염원을 담아 그렇게 눈빛으로 애원했다.

그러나 곧 그의 눈은 다시 짓누르는 베개에 덮여 버렸고, 그는 마침내 견딜 수 있는 마지막 한계에 이르렀다.

의식이 흐려진다는 사실과 그토록 공포스럽게 일어나던 고통조차도 희미하게 느껴지는 순간에, 그는 추랑의 나직한 외침을 들은 것 같았다.

"우와앗!"

느닷없이 터져 나온 큰 소리였다.

단거였다.

돌연 방 안으로 뛰어들어 온 그가 터뜨려 낸 거창한 기합성이 웅웅

거리며 사방 벽으로 부딪쳐 다니고 있었다.

그것은 세 복면인에게도 미처 예기치 못한 상황이었던 듯 그들의 고개가 방문 쪽으로 급하게 돌아갔다.

그러나 그들의 당황은 아주 잠깐이었다.

베개를 누르고 있던 사내는 손에 힘을 더해 그들이 온 목적의 마무리에 들어갔고, 나머지 두 사내는 좌우로 벌려 막 자신들에게 덮쳐 오고 있는 단거를 향해 비수를 겨누었다.

이런 상황에 대비해 미리 훈련이라도 받은 듯 침착하고도 조직적인 역할 분담이었다.

그런데 무작정이다시피 그들을 향해 몸을 날려오던 단거의 몸이 그들의 바로 앞에서 푹 하고 바닥으로 가라앉아 버렸다.

그 대단한 덩치가 해낸 몸짓이라고는 믿을 수 없을 만큼 갑작스러운 동작이었고, 복면인들이 예상할 수 있는 일반적인 싸움이나 격투의 상황에서도 벗어나는 돌연한 행동이었다.

복면인들의 눈빛에 짧은 당황이 스치는 순간, 거의 기다시피 바닥을 미끄러져 들어간 단거의 두 팔이 베개를 누르고 있던 복면인의 허리를 끌어안았다.

만약 그가 지금 단거의 이 동작을 볼 수 있었다면, '아주 멋진 슬라이딩 태클' 이라고 감탄을 했을 것이다.

그러나 복면인들의 입장에서야 단거의 그런 몸놀림이 생소하기 그지없었을뿐더러, 강호의 하류잡배들도 처음부터 다짜고짜 바닥을 기고 휩쓰는(?) 수치스러운 수법을 쓰는 경우는 없었으므로, 얼떨결에 단거의 그 거구를 그냥 무사통과시켜 주고 만 꼴이 되어버렸다.

"엇!"

총망간에 허리를 잡힌 복면인이 내놓은 경호성이었고, 그들이 들어온 뒤 처음으로 내뱉는 소리였다.

양 옆의 복면인이 그제야 정신을 차리고 바닥에 꿇어앉은 자세로 있는 단거의 널찍한 등판으로 비수를 꽂으려고 할 때였다.

쉬잇!

뭔가 요란하게 바람 가르는 소리를 내는 두 개의 물체가 그들의 머리를 향해 덮쳐들었다.

다른 이의 등에 비수를 꽂기 이전에 자신들의 머리통이 먼저 박살이 날 형편이라, 그들은 단거의 등으로 찍어가던 비수를 거두고 황급히 허리를 젖혀 날아오는 물체를 머리 위로 흘려보냈다.

언뜻 보니 주먹만한 나무토막 두 개였다.

그들이 허리를 다시 세웠을 때, 방 안에는 새로운 두 명의 인물이 다시 들어서고 있었고, 그중에 키가 멀쑥하니 큰 인물 하나가 마치 급할 게 하나도 없다는 듯한 여유로운 몸짓으로 그들을 향해 큰 걸음으로 다가오고 있었다.

우두두둑!

"크아악!"

바로 단거에게 허리를 잡혔던 복면인의 허리가 부러져 나가는 소리와 그 극통(極痛)을 토해놓는 비명 소리였다.

본래 그 복면인은 단거에게 허리를 잡히는 즉시 품에서 비수를 꺼내어 단거의 목을 내리찍으려 했으나 그때는 이미 단거의 무작스러운 양

팔이 그의 허리를 조이기 시작한 뒤였다.

그 무지막지한 힘에 허리를 제압당했으니 어찌 조금이라도 힘을 쓸 수 있으랴. 고목 둥치 부러지듯이 그냥 우지끈하고 부러져 주는(?) 수밖에는.

뚝!

"으악!"

뼈마디 부러지는 소리와 비명 소리는 연달아 터져 나왔다.

이번에는 단거의 등 뒤에서 터져 나오는 소리였다.

처음부터 자신의 등 뒤에 대해서는 아예 걱정도 되지 않는다는 듯 신경을 쓰지 않던 단거는 이번에도 그 비명 소리에 신경을 쓰지 않았다.

다만 축 늘어져 버린 복면인을 바닥으로 눕혀놓고서, 거의 실신지경에 빠져 버린 유 공자의 상태를 살피는 중이었다.

그러는 틈에 또 한 번의 뭔가 오지게 터지는 소리와 함께 무엇인가 대책없이 바닥으로 처박히는 둔중한 소리가 났다.

퍽!

쿵!

조금 전과 방금의 그 두 번에 걸친 소리들은 모두 필보가 만들어놓은 소리였다.

잠시 상황을 되돌아가 보면,

두 명의 복면인을 향해 다가서던 필보는 좌측의 복면인이 자신의 목을 향해 찔러오는 비수를 끝까지 보고 있다가, 비수가 거의 목 가까이에 다가왔을 때 가볍게 허리를 비틀어 아슬아슬하게 비수를 흘려보냈다. 그리고 거의 동시에 오른손을 뻗어 상대의 비수 쥔 손의 손등을 감싸 쥐고는 원래 뻗어오던 방향으로 그대로 당기면서 그 손목을 꺾어버렸던 것이다.

뚝!

처음부터 작정을 했던 것인지 여지없이 뼈 부러지는 소리가 나며 복면인의 입이 딱 벌어지고 말았다.

이어 필보는 비명을 토해내는 자의 어깨를 잡아채어 자신의 앞으로 돌려세워서는 마침 틈을 노리고 가슴을 찔러오던 우측 복면인의 비수에다 가슴을 곱게 대어주었다.

우측의 복면인이 놀라 황급히 칼끝의 방향을 돌리는 사이에 필보의 다리가 소리도 없이 기묘한 각도로 허공을 차고 올라갔다가 그대로 꺾어 내려오면서 막 비수를 고쳐 잡고 있던 복면인의 목덜미를 찍어버렸다.

복면인은 선 채로 혼절을 해버린 듯 비명 소리도 내지 못하고 그대로 무너지며 바닥으로 처박히고 말았다.

그렇게 해서 급박하던 상황은 한순간에 종결이 되고 말았다.

"휘이~ 휴~!"

단거가 어디를 만지고 주무르고 하는 것 같더니, 아주 숨이 넘어간 것처럼 보이던 그에게서 길게 숨통 열리는 소리가 터져 나왔다.

단거의 얼굴에 예의 그 좀 모자라 보이는 웃음이 그려졌고, 같이는 들어왔으되 그때까지도 구경만 하고 있던 복립은 처음과 마찬가지로 무덤덤한 얼굴로 추랑과 뭔가 눈짓을 주고받고 있는 중이었다.

그러고 보면 방금 전의 상황이 급박했다는 것은 오로지 그 혼자만에 해당되는 것만 같았다.

다만 방금 전 몸을 조금 푼 탓인지 평소에 구부정하던 필보의 허리는 꼿꼿하게 세워져 있었고, 늘 아래로 처져 있던 양 어깨에는 사뭇 당당한 기개가 들어가 있었다.

세 복면인 중 둘은 바닥에 쓰러져 있었고, 하나는 부러진 손목을 부여잡고 벽 쪽으로 물러나 잔뜩 움츠려 있었다.

단거가 쓰러진 둘 중 자신에 의해 허리가 부러진 채 고통스럽게 뒹굴고 있는 자 말고 필보에게 당해 정신을 잃고 있는 자에게로 다가가 그자의 복면을 벗겨내려 했다.

바로 그때 복립의 차분한 목소리가 그의 손길을 멈추게 했다.

"그만! 그냥 보내준다."

단거의 얼굴에 아주 잠깐의 의아함이 스쳤으나 이내 복면을 잡아가던 손 모양을 바꿔 손바닥으로 복면인의 뺨을 후려갈겼다.

철썩!

그 솥뚜껑 같은 무작스러운 손바닥에 뺨을 맞았으니, 복면인이 아주 죽은 것이 아니고 다만 혼절을 한 것에 불과한 이상 번쩍 하고 정신을 차리지 않을 수는 없는 일이었다.

그자가 몸을 일으키는 것을 보고서 복립이 차갑게 소리쳤다.

"가라!"

그 말에 복면인들이 뜻밖이라는 반응을 보이면서도 쓰러져 있는 동료를 부축하여 방을 벗어나 어둠 속으로 사라져 갔다.

그들이 사라진 뒤에도 희뿌옇게 보이는 먼 산봉우리의 윤곽에다 제각기의 심사가 담겼을 시선을 꽂아두고서 그들은 한동안을 그렇게 서 있었다.

한순간에 사람이 달라져 보인다는 말이 있다.

지금 그들 세 사람이야말로 바로 그런 경우라고 할 수 있을 것이다.

늦은 저녁 잠들 때까지만 하더라도 그들은 그저 별 볼일(?) 없는 보통의 하인들일 뿐이었는데, 방금의 예고없이 덮쳤다가 지나가 버린 그 짧은 소란(?)이 있고 나서 그들은 갑자기 특별한 뭔가가 있어 보이는 그런 존재들로 변신해 버린 것이다.

그들, 그들은 바로 복립과 필보, 그리고 단거였다.

■第九章

철대산(鐵大山)

철대산(鐵大山)

"후우! 아주 죽는 줄 알았네. 빨리 구해줘야지… 숨넘어가고 나서 생색내면 뭐 하나?"

방금 죽음의 문턱에까지 갔다가 다시 살아온 사람답게 보이려고(?) 그랬는지, 그의 말은 역시 앞뒤가 없고 시큰둥한 데가 있었다.

추랑과 복립 등의 얼굴에 잠깐 동안 머쓱한 기색이 돌았다.

어쨌거나 그는 주인의 신분이고 그들은 종복(從僕)이었다.

결과적으로 위험에서 구출을 하기는 했지만 어쨌든 그들의 주인은 정말로 생사의 기로에까지 갔다가 온 것이고, 그 과정 가운데는 그들이 상황을 재느라 손쓰는 것을 다소 늦춘 정황도 분명 있는 것이었다.

추랑이 마치 별일 아니라는 듯 덤덤하게 말을 내놓았다.

"그들의 의도를 확인할 필요가 있었어요. 그들의 목적이 공자님의 목숨을 노린 것이 아니라 다만 공자님의 상태를 정밀하게 살피러 온 것일 수도 있다는 생각을 했던 것이지요. 만약에 후자의 경우였다면 괜스레 그들을 경동시킬 필요가 없는 일이었을 테고요."

"경동시킬 필요가 없다? 그건 무슨 의미지?"

"그자들은 의심의 여지없이 궁 내의 인물들이에요. 공자님의 몸이 점차로 회복되고 있는 것에 대해 불안을 느끼거나 달가워하지 않는 쪽이겠지요."

"궁 내의 인물……? 나의 회복을 달가워하지 않는다……?"

"호호호! 이전의 공자님은 명석한 두뇌로 명성이 있으셨던 분인데… 확실히 많이 달라지신 것이 분명하군요."

몇 마디 주고받는 말끝에 결국은 스스럼없이(?) 면박을 주고 마는 그녀의 모습에 그는 그만 쓴 입맛을 다실 수밖에 없었다.

사실 반년여 전 처음 대했던 그녀는 좀 특이하게(?) 생긴 얼굴만 제외하고 본다면 조신하고, 차분하고, 총명하고, 그러면서도 품위까지 있는 그야말로 TV사극의 여주인공으로 나와도 될 만한 유서 깊은 양반댁 규수와도 같은 모습의 여인이었다.

그랬던 그녀가 지금과 같이 이처럼 당차고 호방한(?) 모습으로 변하게 된 것에는 다른 사람이 아닌 바로 그 자신이 기여한 바가 크다고 할 수 있었다.

아무리 그들만의 거래 관계가 따로 있다고는 하나 어쨌든 표면적으로는 주(主)와 종(從)의 관계였고, 더구나 눈빛 하나로도 서로의 의사를 교환할 만큼 가까이 지내다 보니 그녀는 자연스럽게 그가 원하고 바라는 대로의 스타일(?)로 변해갈 수밖에 없었던 것은 아닐까.

바로 그에게 익숙하고 편한 현대식(?) 이십대의 아가씨 모습으로 말이다.

"기왕에 놈들을 족쳤으면 아주 그 배후까지 캐낼 일이지, 그냥 보낸 건 또 무슨 이유지?"

"군이 캐지 않아도 그들의 배후를 짐작하지 못할 것도 아닌데 괜히 풀숲을 두드려 뱀을 놀라게 할 필요가 없기 때문이에요. 더구나 우리는 지금 그 뱀을 상대할 아무런 힘도 방도도 없는 처지니까요."

"흠! 뒷감당을 못할 것이니 알면서도 모른 척 그냥 보내준다?"

추랑이 그를 향해 약간은 모호한 웃음을 지어 보이다가 말을 받았다.

"시간을 조금 더 벌 수 있을 뿐이겠지요. 공자님이 회복되면서부터 그들의 위협이 표면화될 것이라는 것은 어차피 예상하고 있던 일이에요. 그렇지 않아도 우리는 어차피 궁을 떠나야 하는 입장이었는데, 이제 그 방법을 본격적으로 고민해야 할 때가 된 거죠."

"우리가 궁을 떠나야 한다고……? 왜?"

"우리의 거래를 완성시키기 위해서죠. 이제 제가 가지고 있던 독이 다 소진되었으니, 우리는 보다 강하고 자극적인 독이 있는 곳으로 옮겨 가야만 해요."

"그곳이 어딘데……?"

그는 틈을 주지 않고 잇달아 질문을 던져 내고 있었다.

잠시 대답하기를 멈춘 그녀가 물끄러미 그의 눈을 바라다보고 있다가 문득 아스라하게 눈빛을 흐리며 젖은 목소리로 말했다.

"그곳은 저의 선사께서 묻히신 곳이고, 또한 독인의 영원한 꿈이 서려 있는 곳이죠. 선사께서 처음으로 발견하셔서 독황지(毒荒池)라는 이름을 붙인 곳이고, 또한 제게 사문의 유일한 유산으로 남겨주신 곳이기도 하죠. 우리는 그곳으로 여행을 떠나는 거예요. 우리의 거래를 완성시킬 마지막 여행을……."

잦아드는 그녀의 목소리를 들으며 그 역시 서글픈 상념 속으로 빠져들고 있었다.

'마지막 여행……!'

"죄송해요."

복립 등 세 사람이 그들의 방으로 돌아가고 난 다음 그의 머리맡에 앉은 추랑이 한참의 침묵 끝에 나직이 내놓은 소리였다.

"뭐가?"

"아무래도… 우리의 거래는 너무 일방적인 것 같아요."

"……?"

"공자님의 마음이 내키지 않으신다면 지금이라도 계약을 파기하셔도 좋아요."

"……!"

"미리 말씀드린 바가 있긴 있지만, 아무래도 공자님께서는 이 거래가 공자님께 얼마나 위험한 것인지에 대해 실감하지 못하시는 것 같아요. 물론 공자님이 지금까지 대법의 과정을 잘 견뎌오셨고 또 그 과정에서 놀랄 만한 신체의 회복을 보이신 것은 사실이지만, 그러나 이제 남은 대법의 마지막 과정에 도사리고 있는 위험과 험난함은 지금까지와는 비교도 할 수 없는 것이에요. 그 마지막 과정을 견뎌낼 가능성 자체도 희박하지만, 견뎌냈다고 하더라도 솔직히 공자님이 생각하시는 결과를 얻는다는 보장도 없는 것이지요."

"그 독황지라는 곳에 관한 얘긴가?"

"그래요. 독황지는 말 그대로 독의 연못이에요. 지형적으로 음기와 독기가 집중되는 곳일 뿐만 아니라 기독(奇毒)을 지녀 영성(靈性)을 띠게 된 독물들이 마지막 무덤으로 택하는 곳이지요. 그런 만큼 독황지를 채우고 있는 독은 절대 무비의 독성을 띠고 있어서, 천하에서 그 독성을 견딜 수 있는 것은 아무것도 없다고 해요. 일반인들은 근처에 가는 것만으로도 절명하며, 한 방울이라도 그 안의 액체가 닿게 되면 그즉시 몸이 녹아내린다고 하죠. 그러기에 선사께서도 그 꿈의 독성지(毒聖地)를 발견하시고도 다만 유산으로 제게 물려주신 거예요. 독성(毒聖)의 꿈과 함께 말이죠."

"허허! 말을 듣다 보니, 마치 내가 그 독황지의 안으로 풍덩 하고 뛰어들기라도 해야 되는 것처럼 들리는군."

그가 농담처럼 웃으며 말했으나 굳은 목소리로 그녀의 대답이 바로 뒤따랐다.

"그래요. 지금 공자님께 시전되고 있는 만독충기대법(萬毒充氣大法)의 마지막 과정은 바로 공자님께서 독황지의 독을 온몸으로 흡수하는 과정이에요."

잠깐의 침묵 후, 그가 다시 농담처럼 허허거렸다.

"허허허! 한 방울만 튀겨도 그냥 녹아내린다며……?"

"쇳조각이라 하더라도 그 안에 들어가면 바로 삭아버릴 만큼의 독성이죠."

정색으로 얼굴을 굳히고 차분한 목소리로 내놓는 그녀의 말에 대해, 그는 마치 자신의 일이 아닌 남의 일을 듣는 듯한 모습이었다.

그가 또 한참을 허허거리다가 말을 꺼냈다.

"후훗! 그리고 보니 그동안 내가 추랑을 너무 믿은 바가 없지도 않은 듯하군. 보장도 없는 작은 가능성 하나에 자세한 내용도 알지 못하면서 덥석 거래의 약속을 정했으니 말이야."

"그러기에 공자님께서 마지막 선택을 다시 하시기를 바라는 거예요."

그가 그녀의 눈을 가만히 올려다보다가 웃음을 지우고 느릿하게 말했다.

"이대로라면 어차피 나는 살아도 살아 있다고 할 수 없는 처지야. 만약 조금의 가능성이라도 있다면, 그것이 아무리 위험한 과정이고 또 아무리 희박한 가능성이라고 하더라도 나는 거기에다 운명을 걸 수밖에는 다른 선택의 여지가 없는 거지. 그러니 추랑이 나에 대해 마음의 부담을 가질 필요는 없어. 나는 내게 주어진 이 가능성을 고맙게 받아들이고 있고, 또한 비록 처음부터 선택의 여지가 없는 상황이긴 했지만 그래도 내 의지로 선택을 할 수 있게 해준 추랑의 진심이 고마울 뿐이야. 말하지 않아도 추랑의 진심을 알 수 있어. 후훗! 그래도 나와 추랑은 지금껏 정신적 교류를 해왔다고 할 수 있는 사이가 아닌가?"

말의 마지막에 결국은 또 웃음을 섞어버리는 그를 보며 추랑이 굳은 표정을 풀기는 했으나 대신 기이한 관심을 떠올리며 말했다.

"늘 생각을 해온 것이지만, 공자님은 정말 이상하게 변하셨어요."

"훗! 뭐가?"

"이해할 수도 없고 믿을 수도 없는 일이지만, 공자님이 예전의 공자님이 아닌 완전히 다른 사람이라는 생각을 그동안 자주 해왔었어요. 처음에는 그저 병과 관련된 우연하고 일시적인 현상인 줄로만 생각했었는데, 이제는 정말 지금 제 눈앞에 있는 공자님이 원래의 유천학 공자님이 아니라는 사실을 제 스스로도 인정하지 않을 수 없을 것 같아요."

"하하하! 아마 추랑의 생각이 맞을걸? 세상을 살다 보면 믿을 수 없는 일도 종종 일어나는 법이거든."

목숨이 걸린 거래를 하는 당사자들은, 최소한 그 거래 관계가 유지되는 동안만큼은 진정한 동지가 될 수밖에 없다.

목숨보다도 더 귀한 것을 걸 수 있는 거래란 없는 법이니까.

아주 잠깐의 시간이 지났을 뿐이지만, 그와 그녀 사이에는 이전의 관계와는 또 다른 아주 진득한 동지애(同志愛)와도 같은 것이 생겨난 듯했다.

편한 웃음을 보이며 그가 말했다.

"헐! 말이 나온 김에 의문을 마저 푸는 게 좋겠지. 그래야 나중에 녹아버린다 해도 덜 억울할 테니까."

추랑이 입가에 가벼운 미소를 띄워 올렸다.

"희박하다지만 그래도 내가 그 독황지 속에서 견뎌낼 수 있다고 믿는 가능성의 근거는 뭐지? 그리고 견뎌낸다고 하더라도 어떻게 독기가 내 몸으로 흡수된다는 거지? 그 크기가 얼마만한지는 모르겠지만 그래도 연못이라는 이름이 붙었는데, 설마 내가 그곳의 물을 다 마셔야 하는 것은 아니겠지?"

그가 익살스럽게 인상까지 써 보이는 바람에 추랑은 결국 소리 내어 웃고 말았다.

"호호호!"

그리고 그녀의 목소리는 한결 부드러워졌다.

"그래요. 다만 가능성, 아주 희박한 가능성일 뿐이죠. 바로 공자님의 특이한 신체 때문이에요. 제가 철인이라 말한 바도 있지만 그렇다고 공자님의 뼈와 살, 그리고 근육이 단순히 단단하기만 하다는 그런 의미는 아니에요. 만약 그랬다면 지금까지 복용하셨던 그 맹독들조차도 아마 견뎌내지 못했을 거예요. 더군다나 공자님께는 그동안의 지속적인 독의 복용에도 불구하고 어떠한 중독의 증상도 나타나지 않고 있어요. 그것은 공자님의 신체가 단순히 독에 대해 견디는 것이 아니라, 반응을 하고 있다는 의미지요. 그것이 어떤 방식인지는 모르지만 공자님의 신체 자체적으로 독력(毒力)을 중화시켜 흡수를 해내고 있는 겁니다."

"......?"

"공자님께서도 느끼고 계신지는 모르겠으나 공자님의 신체 내부에는 지금 알 수 없는 미증유의 엄청난 기운이 응축되다 못해 마침내는 살아 있는 강철과도 같이 질기고도 단단하게 굳어버린 상태예요. 골육과 근육이 아닌 그 기운 자체가 굳어버린 기이한 상태지요. 제가 거는 가능성이라는 것은 바로 그 기이함에 대해서예요."

자신의 몸 상태에 대한 그녀의 판단과 해석은 거의 정확한 것이어서 그는 자신도 모르게 침음성을 흘려내었다.

"음! 그렇군."

그리고 연이어 그의 얼굴로 한 가닥 엷은 기대와 열망이 떠올랐다.

"그럼, 내가 그 마지막 과정을 거치고 나서 궁극적으로 얻을 수 있는 게 몸을 자유로이 움직일 수 있는 것이라면, 그건 또 어떤 가능성에 의해 그렇게 될 수 있는 거지?"

그의 열망에 전염이라도 된 듯 추랑의 얼굴에도 열기가 번져 가고 있었다.

"지금 공자님의 얼굴과 목 부분이 제한적으로나마 움직일 수 있게 된 것은, 맹독의 자극에 의해 그 부분에 뭉쳐 있던 기의 일부가 완전하게는 아니지만 어느 정도까지는 유동적이 되었기 때문이라고 할 수 있죠. 바로 그것이에요. 공자님의 신체 내부에 뭉쳐 있는 기가 강력한 자극에 의해서는 어느 정도까지 활성화가 될 수 있다는 것이죠. 독황지는 궁극의 독이 모인 곳이에요. 만약 공자님께서 그 독기를 흡수할 수만 있다면, 그 강렬한 자극에 의해 공자님 체내의 기가 분명 지금보다는 훨씬 더 큰 폭으로 유동을 시작하리라고 기대를 하는 것이지요."

한참을 생각에 잠겨 있던 그가 묵묵히 고개를 끄덕였다.

"좋아! 아주 일리가 있군. 허허허! 역시 해볼 만한 거래야."

그의 웃음을 따라 추랑이 짤랑거리는 웃음소리를 내었다.

"호호호! 공자님이 독황지에서 녹아버리지만 않는다면 말이죠."

전혀 농담으로나 웃으면서 할 말은 아니었는데도, 이상하게 그녀의 웃음과 말은 어색하지 않고 자연스러웠다.

"좋아! 아주 좋아. 그런데 말이야, 아직 한 가지의 의문이 남았어."

"······?"

"이 거래의 결과로 추랑이 얻게 된다는 그 이득 말이야, 그게 뭔지 좀 알아도 될까?"

그의 말에 추랑의 안색이 설핏 굳어지는 것 같았다.

그가 얼른 다시 말했다.

"아! 곤란하면 말 안 해도 돼. 말 안 한다고 해서 약속을 물린다던가 하지는 않을 테니까 말이야."

다소 능글맞기까지 들리는 그의 말에 그녀는 다시 표정을 풀고 말았다.

그는 자신의 목숨에 대해서까지 초연해 있는데, 이 거래의 결과가 어떻게 되든 결국은 살아남을 그녀가 더 이상 숨겨야 할 것이 또 무엇이 있을 것인가?

"이제는 아시겠지만, 저는 독을 업으로 하는 방파를 일인전승(一人傳承)하는 처지이고, 또한 스스로 독인(毒人)의 길에 들어서 있는 중이에요. 지금 제 얼굴색이 이렇게 된 것도 그런 이유 때문이죠. 제가 얻을 이득이라는 것은 바로 선사의 염원이자 이제는 저의 숙명이 되어버린 독성(毒聖)의 경지를 이루기 위한 중간 단계를 성취하는 것이죠."

그가 싱글거리며 웃었다.

"흐흠! 나는 잘 모르겠는걸? 독황지로 들어가는 것은 나고, 그 독을 흡수하는 것도 난데 어떻게 추랑이 그런 성취를 얻게 된다는 거지?"

문득 추랑의 얼굴로 붉은 기운이 스치는 듯했다.

그녀가 잠시 망설이다가 대답을 하는데, 평소의 대담하고 쾌활한 그녀답지 않게 그녀의 목소리는 적잖이 머뭇거리는 데가 있는 것이었다.

"그건… 공자님께서 독을 흡수하신 이후에… 제게… 음! 제게 한 가지를… 주시면 되는 겁니다."

"내가 한 가지를 주어야 한다……?"

되묻는 말에 추랑이 얼굴을 확연히 붉히며 대답을 하지 못하였기에, 그가 다시 물었다.

"하여간 그렇게 되면 얼굴도 정상으로 돌아오고, 그 뭐라 그랬지……? 그래, 그 독인의 저주인가 뭔가 해서 다른 사람들과 어울려 살 수 없다는 그 저주도 풀리게 되는 건가?"

"예……."

"좋군."

뭐가 좋다는 건지 뒷말을 잘라먹은 그의 말에 대해 추랑이 잠시 생각하다가 조그만 목소리로 말했다.

"고마워요, 공자님!"

"허허! 나한테 고마울 거야 있나? 나야 뭐 고작 그저 얻은 몸뚱이 하나 투자하는 것밖에는 없는데. 훗! 어찌 보면 이 몸뚱이야 어차피 내 것도 아니니, 녹아버린다고 해도 크게 손해 볼 건 없다고 해야겠지."

중얼거리는 그의 말끝이 희미하게 흐려지며 입속에서만 웅얼거리고 있었다.

그는 점점 더 유들유들해지고 있었다. 아니, 사실은 본래의 그다운(?) 모습을 찾아가고 있다고 해야 할 것이었다.

그리고 그녀 또한 그의 유들유들함에 익숙해지기라도 한 듯 못지않게 맞장구를 쳐주고 있었다.

"좋아! 기왕이면 사내답게 추랑을 위해서 목숨을 건다고 하지 뭐. 훗! 누군가를 위해, 더구나 젊고 아름다운 여인을 위해 목숨을 걸 수 있다는 것은 얼마나 멋진 일인가? 그런데 말이야, 이 정도의 명분이면 그 미인의 진짜 이름 정도는 물어볼 권리가 있는 것이 아닐까?"

"호홋! 제가 아름답다고요? 이 괴물같은 얼굴이요? 호호호! 미인이라… 정말 오랜만에 들어보는 말이군요."

"호오? 그럼 예전에 들어본 적이 있기는 하다는 말인데……?"

"……!"

"허허허! 내가 아름답다고 하는 것은 추랑의 마음이야. 사람이란 것이 보통은 자신의 큰 이익을 위해서는 남의 입장쯤은 쉽게 무시하기가 쉬운 법이거든. 추랑처럼 자신의 비원(悲願)이 걸린 거래에서 상대의 입장까지 생각해 준다는 것은 결코 쉽지 않은 일이지. 그래서 아름답다는 거야. 내가 그래도 여자를 보는 데 있어 외양(外樣)보다는 마음의 미추(美醜)로 구분을 할 줄 아는 사람이거든?"

"호호호! 고마운 말씀이기는 하지만, 어째 세상을 달관할 나이의 어른이 하시는 말씀 같군요. 아직 서른도 되지 않은 공자님의 말씀이라고는 믿기지 않네요? 지금에야 말씀드리는 것이지만 그 허허 하고 웃으시는 웃음소리도 그렇고요."

"음? 허허허! 몸의 나이와 정신의 나이가 따로인 사람도 있는 법이지."

"훗! 좋아요. 음……! 제 이름은 소려예요. 밝을 소(昭)에 고울 려(麗)!"

문득 그녀의 얼굴이 또 불그레해지고 있었다.

다만 이름을 말해 주는 것만으로도 그처럼 수줍어하는 것을 보면 그가 그동안 상당 부분 현대적(?) 여인으로 변모시키려 노력을 했음에도 불구하고 그녀는 아직까지도 본질적으로는 고전적(?) 여인임에 분명한 모양이었다.

"소려… 좋은 이름이군."

그렇게 말해 놓고 나서 이번에는 그가 잠시 망설이는 모양이 되었다.

그리고 하는 말,

"나는 말이야. 나는… 음! 그래, 언젠가 날 보고 철인이라고 했었지? 쇠 철(鐵), 사람 인(人)! 어떤 존재 앞에서도 무너지지 않는 사람, 앞을 가로막는 어떤 운명도 부수어 버리는 철인 말이야. 그래, 나는 지금부터 정말로 철인이 되는 거야. 철인… 대산… 철인대산… 철대산. 그래, 나는 철대산(鐵大山)이야."

"철대산……?"

그녀가 일시간 당혹스러운 기색으로 될 때 그는 다시 유들유들한 표정으로 돌아와 있었다.

"좀 이상하긴 하지만, 그래도 멋지지 않아? 후훗! 앞으로 우리끼리 있을 때는 그냥 철대산이라고 불러. 철 공자나… 음! 뭐, 철 오라버니도 좋아."

어느새 바깥이 뿌옇게 밝아오고 있었다. 다시 새로운 날이 시작되고 있는 것이다.

모두가 바깥으로 나가고 철대산까지도 휠체어를 타고 정원에 나가 있는데, 아침 해가 중천에 떠오를 때까지 늘어지게(?) 늦잠을 자고 일어난 손 노대는 머리가 깨지는 듯이 아프다며 이마에다 손을 짚은 채 방을 나서고 있었다.

"다들 모여봐!"

초가을 햇빛이 아직도 무덥게만 느껴지는 오후 무렵, 정원의 나무 그늘에서 나무 휠체어에 앉아 하늘에 떠 있는 몇 조각 구름에 시선을 주고 있던 그가 문득 던져 낸 말이었다.

근처에서 이런 저런 잡일들을 하고 있던 복립과 필보가 그의 곁으로 천천히 걸어왔고, 조금 떨어진 곳에 있던 단거는 복립의 부름을 받고 어슬렁거리며 다가왔다.

"이봐! 복립! 그리고 다들 말이야, 이제부터 형이라고 불러."

"……?"

앞뒤없이 불쑥 내뱉는 그의 말에 복립 등은 그가 또 어설픈 중국 말 실력을 선보이는가 여겼다.

그런데 가벼운 농으로 대답을 내놓기에는 그의 표정이 제법 진중해 보이는 것이었다.

그들이 서로 눈짓만 주고받는 중인데 그의 엉뚱한(?) 중국 말이 다시 이어졌다.

"왜? 마음에 안 들어?"

급기야 복립 등의 얼굴이 조금씩 묘하게 일그러져 갔다.

이 정도 표현이면 분명히 시비를 거는 수준이 분명한데, 이미 그의 말버릇에 대해 잘 알고 있는 그들은 열(?)을 받기보다는 웃음이 먼저 터져 나오려고 하는 것이었다. 그런데 역시 생각없이 웃음을 그대로 터뜨려 내기에는 아무래도 그의 기색이 결코 가볍지 않은 탓에 표정들이 엉거주춤하게 되어버린 것이다.

이럴 때 사태를 수습하고 제대로 된 대화의 물꼬를 트는 역할은 역시 복립의 것이다.

"흠! 그런 게 아니고… 그러니까 공자님께서는 지금 저희들과 형제지의(兄弟之義)를 맺자고 하시는 것입니까?"

"음!"

"허헛! 그러나 엄연히 공자님과 저희들은 주종(主從)의 관계에 있는 처지인데, 어떻게……?"

"그게 아니잖아?"

다시 종잡을 수 없는 말에 필보와 단거는 결국 입꼬리에 웃음을 달고 말았지만, 복립은 그만 흠칫하는 기색이 되고 말았다.

아무래도 지금 그의 표정과 말은 결코 그냥 웃고 넘길 것이 아닌 것 같았다.

그가 하는 평소의 말들이 대부분 그 독특한 말투로 인해 언뜻 웃어넘겨 버리기 쉬운 것이었지만, 복립은 그의 내심의 깊이가 결코 간단치만은 않다는 것을 알고 있었다.

지금도 분명한 속뜻을 짐작하기는 어려운 말이었지만, 그가 내뱉는 단문장(短文章) 속에는 그들의 내심을 적나라하게 꿰뚫는 의미가 들어 있는 것만 같았다.

'너희들이 나의 하인으로 행세하고 있으나 기실은 다만 형식적으로

나를 그렇게 대하고 있을 뿐 속으로는 다른 생각들을 하고 있지 않느냐?

어쩌면 그것은 복립이 소위 천재 특유의 지나치게 앞서 나가는 상상력으로 지레 그렇게 넘겨짚은 짐작인지도 몰랐다.

복립의 기색이 가볍지 않아 보였던지 필보와 단거도 어느새 입가의 웃음기를 떼어놓고 있었다.

복립이 한층 조심스러운 기색으로 입을 열었다.

"만약 신분의 차를 뛰어넘어 그렇게 한다고 해도 대개 형제의 결의는 나이를 보는 법이고, 그렇게 되면 저희들이 모두 공자님의 형이 되어야 하는데……."

그러나 이번에도 사뭇 확신에 차 있는 듯한 그의 짧은 말이 복립의 말을 자르고 있었다.

"내가 위야."

"……?"

"난 철대산이야. 그러니까 내가 더 많아."

추랑은 요즘 상당한 당혹스러움을 겪고 있는 중이었다.

그가 변해가고 있었다. 그것도 적응하기 힘들 정도의 속도로.

처음에 그는 아주 고분고분했었다.

주변의 모든 것에 대해 호기심에 가득 차 있었고, 객관적인 관점에서 한 가지라도 더 알고 싶어했었다.

그런데 요즘 들어 그는 점점 더 자신의 독특한 개성과 색깔을 내려하고 있었다.

며칠 전, 그는 자신의 이름이 철대산이라고 선언(?)했다.

그에 대한 어떤 설명도 없이 그냥 다짜고짜 자신은 철대산이니 그렇게 부르라는 것이었다.

당시에는 그의 말에 어떤 깊은 뜻이나 각오—이를테면 이제부터라도 새로운 가치관으로 한번 살아봐야겠다는 뭐 그런 각오 말이다—같은 것이 있을지도 모른다는 생각과 혹은 그에게 다분히 일시적인 어떤 흥이 생겼나 보다 하고 큰 생각 없이 넘겨 버렸었다.

그런데 그 이후로 그가 소위 '철대산' 타령을 하는 정도는 보통으로 심한 것이 아니었다.

도무지 납득이 안 될 정도의, 그래서 사람을 아주 어이없게 만들어 버리는 고집과 땡깡(?)을 부리고 있었다.

그들끼리 있을 때만이라도 자신을 유천학이 아닌 철대산으로 대해 달라는 것이었다.

여전히 그가 왜 갑자기 철대산이 되었고, 또 그렇게 불러주어야 하는지에 대해서는 일언반구의 설명이나 해명도 없었다.

다만 자신을 새로 태어났다고 생각하든지, 혹은 어느 날 갑자기 하늘에서 뚝 떨어진 다른 세계의 사람으로 여기라는 것이었다.

그가 이 세상에서 가장 먼저 알게 되었고 또 가장 가깝게 여기고 있는 사람들이 바로 곁에 있는 그녀와 복림 등이니, 최소한 곁의 사람들로부터는 '철대산'으로 인정(?)을 받아야 되지 않겠느냐는 요령부득(要領不得)의 소리도 했다.

처음에 그런 그에 대한 주변(?)의 느낌은 거의 일치했다.

'도대체 무슨 소리를 하는 건지, 원?'

그러나 그의 끈질긴 강요(?)와 땡깡이 며칠이나 계속되는 동안 추랑의 생각은 조금씩 바뀌게 되었다.

문득문득 이상하다는 생각을 하면서도 그가 처해 있었던 특별한 상황으로 인해 그럴 수도 있으려니 하고 넘겨왔던 것이지만, 가만히 생각해 보면 의식을 되찾은 이후 그가 보인 변화는 결코 작은 것이 아니었다.

만약 그들이 그와 맺고 있는 관계가 형식적이든 실질적이든 주종의 관계가 아닌 가족이나 혹은 이해관계가 얽힌 측근의 관계였다면 벌써 꽤나 심각한 의문을 제기하여야만 했을 그런 변화들이었다.

중원에서 나고 자랐으며 철들기 이전부터 천형의 병마와 싸우느라 병상에서만 지낸 그가 어떻게 고려 말을 알아들을 수 있고, 또 다소 어색하기는 하지만 자신의 의사를 표현할 정도로 구사할 수 있다는 말인가.

그건 또 그에게 그들이 모르는 예전의 어떤 인연이 있어 고려 말을 배울 기회가 있었고, 또 그동안은 스스로 그런 내색을 하지 않아왔다고 억측을 할 수도 있을 것이다.

그러나 그가 중원의 말을 전혀 알아듣지 못하게 되었고, 지금에 와 완전한 외국인으로서 말을 새롭게 배우고 있다는 것은 또 어떻게 설명을 해야 하는가.

막상 생각을 정리해 보면 의문은 그것으로만 그치지 않았다.

그의 성격과 개성이 이전의 유천학과는 완연히 다를 뿐만 아니라, 나아가 일반의 사람들과 비교하여서도 아주 특이하다고까지 해야 할 독특한 사고의 구조를 가지고 있다는 것을 요즘 새로이 알아가는 중이었다.

특이하다는 것이 단지 그가 어정쩡하게(?) 배운 탓에 중원의 말을 독특하게 구사한다는 것을 의미하는 것은 아니었다.

어떨 때 보면 그는 아주 다른 세계에서 온 사람이기라도 하듯 아주 엉뚱하고도 묘한 발상과 사고를 보이곤 했다.

본래의 유천학이라는 인물도 평생을 자리보전하고 누워 혼자 생각하고 상상하는 일에 이골이 난 인물이었던 만큼, 그 생각의 깊이가 일반 사람의 그것을 훌쩍 뛰어넘는 바가 종종 있기는 했었다.

그러나 아무리 여유를 보태어 비교한다고 해도 유천학이 지금의 그처럼 그렇게 기발하고 엉뚱하지는 않았었다.

그것은 그의 식견과 상식 자체가 변했다는 것을 의미하는 것이었다.

식견(識見)이란 곧 지견(知見)이다. 학식을 바탕으로 해야 하고, 그로써 어떤 대상이나 사물을 올바르게 판단하고 평가할 수 있는 능력이다.

유천학은 누워서만 지내야 하는 처지였으나 오히려 보통 사람에 비해 수많은 서적을 탐독한 바 있었다. 그리하여 식견은 몰라도 학식에 있어서는 대단하다는 소리를 들을 정도였다.

그러나 지금의 그는 학식에 대해 한마디로 무지하다고 해야 했다. 그가 글을 읽지 못한다는 것은 그들 사이에서 이미 비밀이 아니었고, 그 또한 그것을 숨기려고 하거나 수치스럽게 여기지 않았다.

언젠가 추랑이 그에게 말한 적이 있었다.

"학문에 있어서는 그래도 수재라는 칭송을 듣던 공자셨는데, 이제 문맹(文盲)의 처지가 되었으니 이렇게 안타까운 노릇이 또 있겠습니까?"

그때 그는 별일 아니라는 듯 싱긋 웃으며 대답했다.

"나도 천자문에 나오는 몇백 자 정도는 읽을 줄 알아. 그리고 말이야, 나 문맹 아냐? 최소한 이 개 국어 정도는 할 줄 안다고. 한글과 영어. 영어는 알 리가 없을 테고, 한글 알아? 제길! 지금이 조선이 개국한 지 얼마 안 되었다니 한글도 알 리가 없지."

도무지 뭔 소린지 그녀로서는 알아들을 도리가 없는 소리였다.

지금의 그는 자신의 주변은 물론 세상에 대해서도 도무지 아는 바가 없으니, 무식(無識)하고 무지(無知)하다고 해야 할 것이었다.

그러나 그를 무지(無智)하다고 할 수는 없었다.

그가 비록 세상에 대해 아는 것은 없었으나 자신이 처한 환경에 대해 적응하고 스스로 방향과 주관을 세워 나가는 것을 보면 참으로 단호하고도 냉철하여 가끔씩은 대단한 관록과 경륜까지를 짐작해 볼 수 있는 정도였기에, 그런 그에게 무지(無智)라는 말은 결코 어울리지 않았다.

그녀가 보다 객관적으로 그에게서 대단한 점을 발견하게 된 것은 바로 그를 대하는 복립의 태도를 보고서였다.

복립이 필보, 단거 등과 함께 그녀의 곁에 머물러 있기 위하여 광무궁의 하인 신분이기를 마다하지 않고 있지만, 사실 그들은 하나같이 범상하지 않은 능력을 가지고 있는 인물들이었다.

특히 복립의 학식과 식견에 대해서는 대학자(大學者)인 손 노대, 손 학사가 인정을 하고 있을 정도였다.

손 학사는 고려 조정에서 제관전(諸館殿) 대학사(大學士)를 지낸 바 있을 정도로, 뛰어난 학식과 인품을 지닌 학자였다.

그런 손 학사가 이십 년 이상이나 나이 차가 나는 복립에 대해 은연중에 인정해 주고 평가를 해주고 있었으니, 복립의 대단함을 미루어 알 수 있는 일이었다.

굳이 그런 객관적인 평가가 아니더라도 평범한 모습과 언행으로 인해 잘 드러나지는 않지만, 함께 지내다 보면 복립에게서는 은연중에 풍기는 결코 평범하지 않은 경륜과 지혜를 느낄 수 있었다.

그런 이유 때문에 그녀는 물론이고, 필보나 단거도 복립을 대함에 있어서는 표시나지 않는 조심을 기하는 바가 있었다.

그러나 그만은 예외였다.

그의 말투가 독특해서가 아니라, 요즘에 들어 그는 진정으로 조금의 어려움이나 거리낌도 없이 복립을 대하는 것 같았다.

물론 처음에는 그도 복립에게서 그녀가 느꼈던 것과 같은 일종의 어려움을 느끼는 것도 같았는데, 함께 생활하는 시간이 얼마 지나지 않아 그와는 누구보다도 편하게, 그리고 친하게 지내는 사이가 된 것 같았다.

그런데 그녀가 묘하다고 느끼는 것은 그 편하고 친하다는 게 쌍방적인 것이 아니고 일방적인, 즉 오로지 그의 입장에서만 그렇다는 것이었다.

요즘 들어 그가 복립을 대하는 태도를 지켜보고 있노라면 마치 허물 없는 사이의 동생을 대하듯 어떨 때는 무례하고 제멋대로라는 생각이 절로 들 정도였다.

특하나 그가 그녀에게 '오라버니로 불러도 좋다' 는 요상한 말을 하고 난 다음, 복립 등에게도 은근히 '형으로 대해달라' 는 역시 요상한 압력(?)을 행사했다는 말은 그녀도 들어서 알고 있었다.

그러나 그것이 말이나 될 법한 얘기겠는가? 다른 것은 다 무시한다고 쳐도 이제 스물아홉의 새파란(?) 청년이 어떻게 사십이나 된 중년인에게 형 노릇을 하려 한단 말인가? 중국의 예법으로는 몰라도, 고려의 예법으로는 도저히 있을 수 없는 일이었다.

상전과 하인의 관계야 돈을 받고 품을 파는 계약의 관계이니 그 계약이 지속되는 동안에는 나이든 무엇이든 무시될 수 있다고 하겠지만, 호형호제(呼兄呼弟)하는 것은 사람이 살아가는 기본 질서에 해당하는 것이니 근본적으로 얘기가 다른 법이었다.

그런데 그녀로서 더욱 기묘하고 이해가 되지 않는 것이 바로 복립의 태도였다.

그에게서 그런 요상한 압력을 받고 난 그 이튿날부터 복립은 넉살 좋게도 넙죽하고 그를 대형으로 부르기 시작했던 것이다. 물론 그들만 있을 때였다.

처음에는 어차피 주종으로 계약이 된 상태이니 굳이 까탈을 만들지 않으려고 그러나 보다, 혹은 농으로 받아들이고 장단을 맞추나 보다 했었다.

그런데 가만히 보니 그게 아니었다.

처음에는 어떤 마음으로 시작했는지 모르겠으나 얼마 지나지 않아 복립이 그를 소위 대형으로 대하는 태도에서는 어떤 가벼움이나 허술함을 찾아보기 어렵게 되었다. 때로는 진지하기까지 하였다.

손 학사도 처음에는 이마를 찌푸리는 듯했으나 한두 번 복립의 그런

태도를 보고는 덩달아서 그를 대하는 태도가 사뭇 달라지는 것 같았
다.

그들이 그러니 다른 사람들이야 더 말해 무엇 하랴.

물론 그녀는 물론이고, 필보나 단거는 다분히 형식적으로 당분간 눈
치 보며 대세를 따른다는 입장이기는 했다.

그런데 그게 또 이상하게 되어버렸다.

채 사흘이 지나기 전에 필보와 단거마저도 대형 소리가 입에 붙어버
렸는지 제법 익숙한 듯이 부르고 마는 것이었다.

손 노대가 웃으며 필보와 단거에게 한 말이 있었다.

"세상의 예(禮)라 하고, 진리라 하는 것 중에 처음부터 그리된 것은
드문 법이지. 처음에는 다만 누군가가 말하고 행한 것을 다른 이들이
그것을 형식으로 삼아 따라 말하고 행하다 보니 곧 예가 되고 진리가
된 것이야."

물론 필보와 단거는 그 말이 무슨 귀신 씨나락 까먹는 소리인 줄로
만 알고 말았다.

추랑, 그녀의 생각에 있어 여자가 친 혈육이 아닌 다른 남자에게 오
라버니라 부르는 의미는 결코 단순하지가 않았다.

그러나 그녀는 그 단순하지 않은 의미를 단순하게 만들어 버렸다.

'그냥 호칭일 뿐이다.'

떼를 쓰듯 하는 그의 끈질긴 요구(?)가 있기도 했지만, 결과적으로는
그녀가 져준 것이었다.

그의 처지에 대한 동정과 비록 서로가 합의한 거래이긴 했지만 그녀

의 마음속에는 그가 자신을 위해 다분히 일방적으로 희생한다는 느낌을 지울 수가 없었기 때문이다.

그가 그토록 원한다면 그것이 장난기가 담긴 것이든, 아니면 진심이든 그 정도를 못해줄 것이냐 하는 생각이 있었기 때문이다.

第十章

천마묵환(天魔墨環), 그리고 섭천황주(攝天黃珠)

천마묵환(天魔墨環),
그리고 섭천황주(攝天黃珠)

추랑은 며칠째 궁을 떠날 방법에 대해 고민하고 있었다.

문제는 역시 그에게 있었다.

그는 광무궁의 후계 구도를 이루는 몇 안 되는 인물들 중의 하나였고, 더구나 초대 궁주이자 현임 궁주인 유사청의 유일한 직계 혈족으로 명분상으로만 따진다면 차기 궁주 승계 서열 일위에 올라 있는 인물이었다.

물론 어릴 때부터의 천형으로 얼마 전까지만 해도 '산송장' 대접을 받고 있던 처지라, 궁 내는 물론이고 궁의 사정을 아는 강호인들 중에서도 그가 궁주의 자리를 승계할 것이라고 생각하는 사람은 아무도 없었다.

한마디로 그는 사람들의 관심에서 소외되어 있는 존재였다.

그러나 그건 그가 궁 내에 있을 때의 일이다.

만약 그가 어느 날 갑자기 실종이라도 된다고 한다면, 광무궁은 물론이고 강남무림 전체에 한바탕 난리가 날 것은 자명한 일이었다.

결국 야간도주(?)는 불가능한 일이었다.

누가 보더라도 그럴듯한 이유와 명분을 만들어야만 했다.

어떻게 하든 출궁(出宮)을 위한 공식적인 절차를 밟아야만 하는 것이었다.

그러나 궁의 수뇌부 중에서 유일하게 그의 편이 되어줄 수 있는 노궁주(老宮主)는 벌써 이 년 전부터 병석에 누워 있었고, 근래 일 년여 동안에는 병세가 더욱 위중해져서 궁 내 의전(醫殿)의 의원들과 가까이에서 시중을 드는 측근들 외에는 접하기조차 어려운 지경이었다.

그런데 추랑의 그런 고민이 정성으로 가 닿은 것일까?

하루는 노궁주의 병색에 갑작스런 차도가 있어서 손자인 유 공자를 찾는다는 급한 연락이 왔다.

급하게 목욕을 시킨다, 머리를 빗긴다, 옷을 갈아입힌다 하며 그를 치장(?)하는 중에 추랑은 그가 노궁주를 접견하면서 꼭 지켜야 할 몇 가지의 수칙(?)을 몇 번씩이나 되풀이하여 주입(?)시켰다.

거처를 벗어나면 그 누구에게도 절대로 고려 말을 하지 말 것.

노궁주는 물론이고 그 누구와의 대화에서도 함부로 말을 하지 말 것.

이제 그도 중국 말에 대해 대강의 뜻을 알아들을 수 있는 정도는 되니, 상대의 말뜻을 살펴 적당히 고개를 끄덕여 주는 정도로만 응대를 하라는 것이었다.

상대가 굳이 말을 시키거나 정황상 의사 표현을 꼭 해야 되는 경우에는 가능한 짧게, 그리고 발음을 최대한 흐릴 것.

만약에 더 이상의 대화가 필요하다면 반드시 그녀를 통역으로 내세울 것.

혹시 그녀와 떨어져 있어야 하는 경우에라도 반드시 그녀를 불러서 통역을 시킬 것 등등이었다.

별호가 광무사협(廣武獅俠)이라고 하더니, 노궁주 유사청의 첫인상은 마치 갈기를 늘어뜨린 사자와도 같은 것이었다.

다만 오랜 병환으로 쇠약해진 몸과 초췌한 얼굴에서 한때 강호를 누비고 다녔던 노무인(老武人)의 무상함을 보는 듯도 했지만, 그래도 아직까지 그의 눈빛은 꺾이지 않은 기개를 담고 있었고 목소리는 우렁우렁하여 듣는 사람의 귓가를 울리는 바가 있었다.

이미 교육(?)을 받은 대로 그는 다만 입가에 어색한 웃음만 띠고 있었고, 그를 대신해 추랑이 그동안 그에게 있었던 일을 조근조근, 조리 있고 붙임성있는 말솜씨로 풀어나갔다.

유사청은 그녀의 말을 들으면서 가끔씩 고개를 끄덕일 뿐 주로는 그윽하고 애틋한 눈빛으로 그를 바라보고만 있었다.

유사청의 눈빛 중에는 태어나서 스물아홉의 나이가 될 때까지 근 삼십 년간을 천형의 병마와 사투를 벌여온 손자에 대한 측은함과 안타까움이 진득하게 녹아 있었다.

그는 그저 담담하게 그 눈빛을 받아들이리라 하면서도 자꾸만 어색해지고 혹은 무슨 큰 죄라도 짓는 기분이 들어 자꾸만 눈길을 다른 데로 비켜야만 했다.

추랑의 매끄러운 말은 이윽고 본론으로 접어들고 있었다.

바로 그가 궁을 떠나 강호를 여행하고 싶어한다는 것이었다.

일개 시비가 그런 말까지를 대신해서 하는 것이 다소 이상할 수도 있는 일이었으나 그 말이 있기까지 그녀가 그에게 있어 어떤 존재인지, 또 어떤 역할을 해왔고, 하고 있는지에 대해 충분하게 사전 설명을 해놓았고, 가끔씩 부족하지 않을 만큼 그녀의 말에 호응하여 그가 고개를 끄덕여 주고 있었기 때문에 유사청은 여전히 깊은 눈빛으로 그녀의 말을 듣고만 있었다.

"공자님께서는 지금 몹시도 중원의 풍광(風光)을 보시고 싶어하세요. 사실 지금 이 정도로 몸과 정신이 회복된 것만도 기적이라고 할 수 있는 일이고, 이전의 일들을 돌이켜 보면 또 언제 갑자기 상태가 악화가 될지 알 수 없는 일이란 걸 공자님 스스로도 늘 말씀을 하시지요."

"허어!"

유사청이 안타까움으로 가득 찬 한마디 탄성을 불어내자, 추랑이 잠시 틈을 두었다가 다시 말을 이어갔다.

"공자님께서는 이번 여행을 생애에 있어 처음이자 마지막 여행이라 여기고 계시고, 생의 여한(餘恨)을 남기지 않기 위해서라도 늦기 전에 떠나고 싶어하세요. 그것은 의식이 돌아온 지난 반년여 동안 공자님께서 한결같이 소원해 오신 일이며, 중원의 풍광을 직접 보겠다는 그 목표 하나로 처절한 노력을 기울인 끝에 지금 안면 근육과 목까지를 움직이실 수 있게 되신 겁니다. 이 같은 회복의 진전은 의전의 의원들도 도저히 불가능한 일이라고 할 만큼의 놀라운 일인데, 만약 공자께서 목표로 하신 것이 없었다면 이러한 진전 또한 없었을 것입니다. 한데 이제 더 이상은 회복의 진전이 없을뿐더러 오히려 다시 예전의 상태로 돌아가려는 조짐마저 나타나고 있어, 요즘 공자께서는 무척이나 조급해하고 계십니다."

"허어! 그랬었더냐?"

다시 탄식을 터뜨려 내며 안타까움에 겨워하는 유사청을 향해 그는 얼른 고개를 끄덕여 보였다.

"허어!"

그렇게 몇 차례나 장탄식을 불어내던 유사청이 문득 추랑에게로 시선을 돌리며 물었다.

"네 이름이 추랑이라고 했느냐?"

"예! 궁주님!"

"내 이전에도 네가 정성을 다해 천학이를 보살피고 있다는 말을 여러 차례 들은 바 있거니와 오늘 직접 보니 과연 너의 심성이 활달하고도 고운 데가 있구나. 천학이와 같이 제 혼자 힘으로는 아무것도 하지 못하는 중증의 병자를 그토록 오랫동안이나 보살피기가 결코 쉽지 않았을 것이며, 또한 의무로만 할 수 있는 일도 아니었을 것이다. 몇 년간이나 그렇게 해온 데는, 다 너의 착하고 어여쁜 진정이 있었기 때문일 것이다. 나는 못난 할아비가 되어 막상 손자에게 아무것도 해줄 수가 없었는데, 친 혈육인 나보다도 오히려 더 큰 힘이 되어준 너에게 무어라 고맙다는 말을 해야 할지 모르겠구나."

시종 매끄럽게 얘기를 이끌어오던 추랑도 노궁주의 진정 어린 말과 눈빛을 받는 이때만은 저절로 머리가 조아려지며 얼굴이 붉어지고 있었다.

"저는 다만 공자님의 전담 시비로서 저의 역할에 충실했을 뿐입니다."

"허허! 그래! 진정 고마운 일이로다."

유사청은 추랑에게 여러 차례나 더 고마움을 전하고 난 뒤 손자와 단둘만의 시간을 가지고 싶다고 했다.

방을 나가며 그를 돌아보는 추랑의 눈빛에 약간의 걱정과 불안함이 스쳤으나 그것을 본 유사청은 다시 한 번 고마움을 느낄 뿐이었다.

"허허허! 오래 걸리지 않을 것이니 크게 염려하지 않아도 될 것이다."

그리고 나직이 허공을 향해 외쳤다.

"수신삼위(守身三衛)도 물러나라. 지금부터는 거처 주변에 누구도 근접하지 못하도록 하라."

허공 어딘가에서 한마디 같은 세 마디의 나직한 울림이 있었다.

"존명!"

그 울림의 끝은 이미 바깥에서 들리고 있었다.

유사청이 병상에서 몸을 일으켜 나무 휠체어(?)에 앉아 있는 그의 손을 가만히 잡았다.

그 정도의 움직임만으로도 힘에 겨운 듯 유사청의 호흡은 금방 거칠어졌다.

잠시 숨을 가눈 다음에 그가 힘겨워하며 말했다.

"허허! 조손(祖孫)이 다 함께 병중에 들어 누가 먼저 갈지 암담하더니, 이제 네가 다시 의식이 들어 이만큼이나 회복이 된 걸 보니 내 마음이 기쁘기가 한량이 없구나. 나는 이제 이승에 있을 시간이 얼마 남지 않은 것 같다. 남아로 태어나 일생을 부끄럽지 않게 살았으니 미련 따위가 있을 리 없건만, 다만 너를 끝까지 지켜주지 못하고 먼저 가게 되어 그것이 한으로 남느니. 허허! 그러나 어찌하랴."

회한이 치미는 듯 유사청은 한참 동안 손자의 손을 쓰다듬었다.

"미안하다. 네게 오로지 죄스러울 뿐이다. 너에게 천형의 저주를 심고 지금까지 지옥 같은 삶을 살게 한 것이 다 이 못난 할아비의 어리석은 욕심 때문이라, 다만 네게 용서를 빌 뿐이다."

무슨 말인지는 알아들었으되 앞뒤를 알 수 없는 소리이니 그로서는 다만 묵묵히 듣고 있을 수밖에 없는 노릇이었다.

유사청의 회한에 찬 목소리가 계속되었다.

"사람이 일생을 산다는 것은 다만 이렇게 허망한 것이거늘. 아아! 노부는 너무 늦게서야 그것을 깨달았구나. 허허허! 천학아!"

유사청의 부름에 그가 고개를 숙여 보았다.

"한때 이 할아비는 천하제일을 꿈꾼 때가 있었느니라. 광무궁을 세우고 강남제일이라는 소리를 듣고 보니, 좀 더 큰 명예를 얻어보고자 하는 허망된 욕심이 생겨난 게지. 그때에 네 아비 기주(紀柱)는 강호의 후기지수들 중 하나로서 제법 촉망을 받고 있었는데, 노부는 그 아이가 강북의 명문세가나 구파일방 출신의 처자와 혼약을 맺기를 바랐다. 강북(江北)으로 진출하기 위한 방편으로 삼고자 하는 욕심에서였다. 허허! 그런데 네 아비는 뜻밖으로 무림과는 무관한 평범한 문사(文士) 가문의 여식을 반려로 택했지. 노부는 노여움을 삭이지 못했다. 그때의 심정으로는 도저히 네 부모의 혼인을 용납할 수가 없었던 게지."

유사청은 다시 숨이 차오르기 시작하는지 한동안 호흡을 가다듬고 나서 얘기를 계속했다.

"결국 네 아비는 사랑을 택해 궁을 나갔고, 그 후로 몇 년간이나 노부는 그 아이의 소식을 듣지 못했다. 그러던 어느 날이었다. 네 아비가 노부 앞에 다시 나타났다. 겨우 두 살이 된 너를 품속에 안고, 그 자신은 이미 돌이킬 수 없는 상처를 입은 채였다. 그리고 겨우 몇 마디를 남기고 이 아비의 품에서 그만 숨을 거두고 말았다."

격동을 참기 힘이 드는 듯 유사청의 눈꼬리가 두어 차례나 부르르 떨리고 있었다.

"그놈은 나를 위해… 허허! 이 못난 아비를 위해 기껏 이루어놓은 제 행복을 송두리째 희생시켜 버린 거였다. 무림의 절세기보(絶世奇寶)를 우연히 취하게 된 그놈은, 그것을 자신의 욕심밖에 모르는 제 아비에게 가져다주기 위해 혈로(血路)를 뚫고 궁으로 돌아온 것이다. 네 아비는 불효에 대한 죄를 씻고 싶었다고 했다. 허허! 진정 죄를 빌어야 할 사람은 노부였던 것을. 쫓기던 중에 네 어미도 추적자의 손에 목숨을 잃었다고 했다. 허허허! 기왕에 아비의 곁을 떠나갔으면 그냥 저희들끼리 행복하게 살 일이지, 못난 아비의 헛된 욕심을 채워주기 위해… 그런 바보 같은 짓을 하다니……."

유사청은 다시 치밀어 오르는 스스로의 격동을 삭이기 위한 듯 한동안 가슴을 지그시 누르고 있었다.

"그 절세기보, 천마묵환(天魔墨環)은 이미 네 아비의 수중에 없었다. 하긴 그것을 끝까지 지키려 했다면 아마 네 아비는 궁(宮)까지 오지도 못하였을 것이다. 천마묵환에 대한 소문이 유출되었다면, 아마도 강호의 누구라도 그것이 주는 유혹에서 자유롭지는 못하였을 테니까."

"천마묵환……?"

유사청과 대면한 이후로 그가 처음으로 말을 받아 했다. 비교적 분명한 발음이었다.

유사청의 얼굴에 놀라움에 이어 기꺼운 기색이 드리워졌다.

그가 손자의 입에서 이렇듯 분명한 발음을 듣는 것은 그야말로 오랜만의 일이었던 것이다.

"그래! 천마묵환이다. 천 년도 더 넘게 오랜 옛날, 지금까지도 고금제일인(古今第一人)이라 추앙받는 천마(天魔)가 신물(信物)로 삼았다는 바로 그 천마묵환이다."

그의 눈으로 묘한 감상이 지나가고 있었다.

'묵환이라……? 어쩌면……?'

왜 갑자기 그런 생각이 떠올랐는지는 그 자신도 몰랐다.

그가 천 년 그 이전에 존재했다는 천마라는 인물을 알 리 없었으니, 천마묵환이라는 말도 당연히 처음으로 듣는 말이었는데 말이다.

기연(奇緣)이라고 해야 할지 악연(惡緣)이라고 해야 할지, 어쨌든 평범함에서 결코 벗어나지 않는 보통 사람이었을 뿐이던 그를 지금 이 자리에까지 오게 한, 그 긴 일탈의 첫 계기가 된 것도 바로 하나의 검은 팔찌, 그가 묵환이라고 이름 붙인 물건이었다.

물론 그저 묵환이라는 이름에서 그 물건이 지금 유사청이 언급하고 있는 천마묵환이라는 것과 동일한 물건이라는 추정을 하기에는 스스로의 생각으로도 너무나 황당한 것이었지만, 그러나 자꾸만 어쩐지 그런

쪽으로 마음이 쏠리는 것이었다.

'만약에… 정말 만약에… 그 묵환이 지금 얘기하는 묵환과 같은 것이라면, 그것은 어쩌면 지금 처해 있는 이 이해할 수 없는 상황에 대해 내게 해명해 줄 수 있는 단서가 될지도 모른다.'

무슨 생각인가에 골똘히 빠져들어 있는 손자의 표정에서 그것을 하나의 짙은 호기심이라고 보았던지, 유사청의 아련한 눈빛 중에서 문득 엷은 웃음기가 번지고 있었다.

"그러나 네 아비는 마지막에 웃으며 눈을 감았다. 또 하나의 기보(奇寶)를 지켜냈다면서 말이다. 바로 섭천황주(攝天黃珠)다."

"섭천황주……?"

"그래! 하늘을 빨아들여 그 안에 가두어두었다는 구슬이다. 강호의 오랜 전설로만 전해져 내려오는 것이나 예전이나 지금이나 그 존재를 실제로 믿는 사람은 아마도 없을 것이다. 그저 이야기 속에나 나오는 상상 속의 물건이라고 여겨지는 것이지. 그런데 네 아비는 그걸 천마 묵환과 함께 구했고, 묵환을 빼앗겼을망정 그것이나마 지키기 위해 어린 너에게 복용을 시켰다는 것이었다. 아마도 나중에 변(便)으로 다시 나올 것을 염두에 두고 한 안배였을 테지."

"으음!"

머리 속으로 뭔가 묘한 연상(聯想)이 줄지어 스쳐 지나가며 그의 입에서 절로 신음성이 흘러나왔다.

"허허! 그러나 너에게서는 아무런 물건도 나오지 않았다. 처음부터 존재하지 않는 상상 속의 물건이었으니, 나 또한 아마도 네 아비가 뭔가 오해나 착각을 한 것이라고 여겼다. 그런데 그때 이후로 네게 그 저주의 천형이 시작된 것이다. 천하의 용하다는 의원들이 숱하게 진맥을 했지만 아무도 너의 증상에 대해 진단과 처방을 하지 못했다. 그래서 이 할아비는 지금도 반신반의(半信半疑)하고 있다. 너의 병이 정말로 그 섭천황주를 복용한 것 때문이지 않을까 하는 생각과 그럴 리 없다는 생각의 반반이다."

"섭천황주가 어떤……?"

"허허! 너의 병과 연관이 있을 수도 있다고 하니까 금방 궁금해지는 모양이구나. 섭천황주에 대한 얘기는 천마묵환보다도 더 까마득히 오래전부터 전해왔다고 하는데 역시 그 유래를 아는 사람도, 알 수 있는 방법도 없는 것이다. 다만 천마묵환은 실제의 물건이고, 섭천황주는 상상의 물건이라고들 말을 하지."

그의 눈길이 자신의 입만 향하고 있는 것을 보고 유사청이 한 차례 빙그레 웃어 보인 다음 다시 말을 이어갔다.

"천마묵환은 천마의 신물이라는 상징성 외에도 그 안에는 몇 가지의 풀리지 않은 신비가 있다고도 하고, 천마의 절학이 바로 그 신비들 중 하나로부터 나왔다는 말도 있다. 그래서 강호의 인물들이 꿈에서라도 취하고 싶어하는 것이지. 섭천황주는 하늘을 가두고 있다는 말 그대로, 까마득한 옛날 창세(創世)의 혼돈 시기에 하나의 거대한 힘의 덩어리가 있어 우주의 모든 것을 흡수하였는데, 그 덩어리는 만물을 빨아들이면서도 스스로는 끝없는 수축을 하여 어느 순간에는 하나의 작은 구슬로 변했다고 하고, 그것이 바로 섭천황주로 되었다는 것이지. 허허허! 사람들이 섭천황주에 대해 다만 전설로만 치부하고 그 실제를 믿지 않는 이유도 바로 그런 허황됨 때문이 아니겠느냐."

그는 머리 속으로 강한 진동을 느끼고 있었다.

'섭천황주! 모든 것을 빨아들이고 스스로는 끝없는 수축을 하여 하나의 구슬로 되었다? 허어! 처음 내가 의식을 되찾고 깨어나서 내 몸에 대해 느끼고 상상했던 것이 바로 블랙홀이었다. 우주의 모든 것을 빨아들이면서도 정작 바깥으로 나가는 것은 일절 허용하지 않는 괴물 같은 존재. 그러면서도 스스로는 끝없는 수축을 하여 부피는 제로, 밀도와 중력은 무한대로 만들어가는 불가사의한 존재. 그래서 내 몸을 하나의 초미니 블랙홀과 같은 것인지도 모르겠다고 상상을 했었는데… 그렇다면 그 섭천황주라는 것이 하나의 블랙홀과 같은 것이고, 또 실제로 지금 나의 몸속에서 어떤 형태로 융화가 되어 있다……? 그래서 그 결과로 지금과 같은 현상이 내 몸에서 일어나고 있다……?'

한참 동안이나 그의 골똘한 모습을 지켜보고 있던 유사청이 침묵을 깼다.

"이제 네게 이런 과거사를 말해 주는 것은 혹시 네가 가지고 있을 의문을 풀어주고자 하는 것이지, 결코 네가 또 다른 원망이나 원한을 가지라고 하는 뜻은 아니다. 너는 이제 그 모든 것을 잊어야 할 것이다. 이 할아비는 다만 네가 네게 남은 시간들을 어떻게 의미있게 보낼 것인지에 대해서만 생각하기를 바랄 뿐이다. 허허허! 인생이란 그런 것인 모양이다. 이미 가진 것에 대해 감사하고 즐기기에만도 부족한 시간인데, 그 대부분의 시간을 무모한 욕심과 또 원망에 빠져 사는 그런 것 말이다. 노부 역시도 이제 죽음에 임박해서야 그것을 깨달았으니……. 허허허!"

답답했다.

좀 더 캐묻고 싶은데… 더 많은 것을 알고 싶은데… 그것은 막상 말로 되어 나오지를 못했다.

대강의 뜻을 알아들을 수는 있을망정, 자신이 궁금해하고 있는 것을 속 시원히 제대로 말로 표현해 낼 자신이 없었다.

'추랑… 그녀가 있어야 나의 이 답답함을 명쾌하게 말로 옮겨줄 수 있을 텐데…….'

그러나 그녀는 곁에 없었고, 유사청은 지금 자신의 손자와 가지는 둘만의 시간을 방해받지 않으려 하고 있었다.

일단은 답답함을 좀 눌러놓고 노인의 말을 마저 들어주어야만 했다.

第十一章

위천(衛天)

위천(衛天)

"천하를 보고 싶다고 하였느냐?"

그가 고개를 끄덕이자 유사청의 얼굴에 빙그레한 미소가 그려졌다.

"그래, 가거라. 가서 마음껏 천하의 풍광을 가슴에 담아보거라. 네 마음속에 그런 호기가 생겼다면 느낄 수 있을 때 세상을 맘껏 보아두는 것도 좋을 것이다. 허허! 노부처럼 팔십 년을 살아왔으나 죽음 앞에 이르러 허망함만을 느끼는 삶도 있겠으나 단 하루를 살아도 보람을 느끼는 삶도 분명 있을 것이다. 이 할아비는 네가 앞으로 매 순간마다 보람을 느끼는 그런 삶을 살기를 바랄 뿐이다."

그는 가만히 고개를 끄덕여 유사청의 말에 동감을 표시했다.

그 역시도 사람이 산다는 명제에 대해 한때 고민과 갈등을 겪어본 사람이었다.

제대로 산 삶이란 것은 결코 그가 살아온 시간의 길이에 의해 평가되는 것은 아닌 것이다.

인생을 마무리해야 할 시점에서 스스로가 만족할 만한 의미와 느낌이 얼마나 남겨졌느냐 하는 관점에서 평가되어야 하는 것이 바로 인생이라는 것의 한 정의일 것이었다.

묵묵히 고개를 끄덕이는 손자의 모습이 자신의 말을 다 이해하고서하는 것이라고는 생각지 않았겠지만, 그래도 유사청의 입가에는 잔잔한 미소가 드리워졌다.

문득 그의 눈빛에 흐뭇함과 약간의 자부심 같은 것이 감돌았다.

"너는 나의 유일한 혈손(血孫)이지만, 나는 네게 이 광무궁을 물려주지 않기로 했다. 너는 나의 이런 결정에 대해 다른 생각이 있느냐?"

그런 것에 관해서라면 그에게 다른 생각이나 불만이 있을 리 없었다.

그의 입가에는 그저 미미하게 웃음이 머금어졌을 뿐이다.

그것을 보고 유사청의 입가에도 흔쾌한 웃음이 번져 갔다.

"하하핫! 좋다. 이 할아비가 고심 끝에 내린 결정에 대해 네가 섭섭해하지 않으니 다행스럽기 그지없구나."

유사청이 한동안 기꺼운 웃음을 웃은 다음에 조용히 안색을 가라앉히며 그의 눈을 들여다보았다.

"하지만 이 할아비는 오래전부터 네게 남길 한 가지를 준비해 왔다."

"……?"

"그것은 바로 사람 하나다."

'사람 하나? 사람이 무슨 물건도 아닐 텐데, 하나라니……? 내가 잘못 알아들은 것인가?'

그의 표정에 떠오른 의문의 기색을 전혀 다른 의미에서 즐기듯 바라보고 있던 유사청이 목소리에 조금 힘을 주어 누군가를 불렀다.

"위천(衛天)!"

그러나 잠시 기다린 후에도 그의 말에 대응하는 사람은 없었다.

"……?"

문득 유사청의 웃음 띤 눈길이 자신의 뒤쪽에 머물고 있길래 그가 이상한 느낌에 할 수 있는 최대한으로 고개를 돌려보니, 언제 나타났는지 젊은 사내 하나가 그의 뒤쪽에서 부복하고 있었다.

"저 아이는 위천이다. 바로 너, 천학을 평생 지키라고 지어진 이름이고, 너의 분신으로 키워진 아이이다. 앞으로 네가 다른 누구도 믿을 수 없게 되는 막다른 지경에 처하게 된다 할지라도 마지막까지 이 아이만은 믿어도 좋을 것이다. 너는 비록 이 할아비가 평생 이루어온 것 중 하나도 물려받지 못할 것이나 그것은 단지 눈에 보이는 것일 뿐이다. 저 아이 하나를 가짐으로써 적어도 너는 이 할아비가 평생 가장 심혈을 기울였던 재산을 물려받은 것으로 되는 것이다. 허허허! 그것이 어떤 것인지에 대해서는 앞으로 차츰 알게 될 것이다만, 네게 주어야 할 모든 것이 저 아이에게 대신 주어졌고 더하여 동원할 수 있는 모든 힘을 다 동원해 저 아이를 키웠다는 것을 알면 된다. 이 할아비는 네게 속죄하는 마음으로, 그리고 먼저 간 네 아비에게 속죄하는 마음과 네 불행에 대한 마지막 보상으로 저 아이를 준비해 왔었다. 이제 저 아이를 어떻게 쓰느냐 하는 것은 오로지 너의 뜻에 달린 것이다. 종복으로 쓴다면 그는 훌륭한 종복이 되어줄 것이고, 호위 무사로 쓴다면 그는 또한 최고의 호위 무사가 되어줄 것이다. 노부는 다만 네가 앞으로 얼마 동안이 되던, 그저 행복하게 남은 여생을 살기만을 바랄 뿐이다."

강한 자부심과 애뜻함이 교차하는 유사청의 말을 듣고 있으면서 그는 잠시 가벼운 혼란 속으로 빠져들었다.

유사청의 말이 꽤나 길고 또 격동에 차 있어서 온전하게 그 전체의 뜻을 다 이해하지 못한 부분도 있었지만, 사람을 마치 하나의 물건과도 같이 물려주고 또 임의대로 사용(?)하라는 의미에 대해 선뜻 납득이 되지 않는 까닭이었다.

또한 그런 중에서도 절절히 넘쳐 나는 혈육의 정에 대해 내내 죄를 짓는 느낌에서 벗어날 수 없었기 때문이기도 했다.

유사청의 위엄에 찬 목소리가 다시 나직하게 울려 나오고 있었다.

"위천! 네 앞에 있는 사람이 바로 네 주인이다. 이제부터 너는 그와 함께 살고, 또한 그와 함께 죽어라."

"존명!"

추호의 망설임도 없는 짧고 확고한 복명이었다.

다시 유사청의 낮은 목소리가 그를 향해 있었다.

"그동안 위천은 이 할아비만의 비밀이었다. 그러나 이제부터는 너만의 비밀이다. 이 비밀에 대해서는 더 이상은 나도 알지 못한다는 뜻이다. 굳이 다른 사람의 눈에 두드러져 보일 필요는 없으니 우선은 너의 하인으로 데리고 있으면 될 일이고, 나중에 네가 중원으로 여행을 나갈 때는 네 든든한 충복으로 삼으면 될 것이다."

그것으로 유사청의 말은 대강 끝이 난 것 같았다.

위천이라는 사내에 대한 것도 그랬지만, 그보다는 그의 마음속에서는 여전히 묵환에 대한 생각이 떠나지를 않고 있었다.

잠시 더 눈치를 보다가 추랑을 부를 생각으로 있는데 그에 앞서 유사청이 먼저 말을 꺼내었다.

"위천! 너는 물러가서 천학의 곁에 머물 수 있도록 여건을 만들어보도록 해라."

등 뒤의 사내가 깊숙이 허리를 숙여 보이는 기척이 있더니 그가 언뜻 고개를 돌려보았을 때는 이미 사내의 모습은 사라지고 없었다.

이어 틈을 주지 않고 유사청이 바깥을 향해 명을 내리고 있었다.

"수신삼위는 사람들을 안으로 들게 하라."

유사청은 제자 둘을 두었다.

대제자(大弟子)는 화수사(和修士) 막일한(幕一漢)이라는 인물로 금년에 오십일 세가 되었는데, 일신의 무공보다는 사람들과 잘 융화하는 둥근 성품으로 광무궁 내의 각 계층으로부터 넓게 신망을 얻고 있는 인물이었다.

이제자(二弟子)는 냉호(冷虎) 상유전(尙儒全)으로 금년 나이 사십육세이고, 독특한 검법으로 한때 이름을 날렸으나 지금은 쇠락해 버린 귀주(貴州) 상씨세가(尙氏世家) 출신으로 알려져 있는 인물이다.

지금 유사청의 침상 앞에는 두 제자를 포함해 장로원의 원주인 귀도존(鬼刀尊) 후량(侯亮)과 총관인 풍찰(豊察), 그리고 유천학과 그가 시중이 필요하다고 하여 부른 추랑 등이 자리를 하고 있었다.

유사청이 힘들어하는 표정 중에서도 빙그레한 웃음을 머금고서 좌중을 향해 입을 열었다.

"모두들 오랜만에 얼굴을 보는군."

잠시 틈을 두었다가 다시 이어진 유사청의 말은 약간의 단호함을 띠고 있었다.

"노부는 오늘 광무궁의 후계에 대해 말을 해놓고자 하네."

병세에 조금 차도가 있다고 근 일 년여 만에 궁의 주요 인물들을 모두 소집하였을 때부터 이미 어떤 중대한 말이 있을 것이라는 것은 짐작하였지만, 막상 그에게서 후계에 대한 언급이 나오자 좌중 인물들의 얼굴에는 저마다 긴장이 서렸다.

막일한이 조심스러운 목소리로 말했다.

"사부님! 이제 병세가 호전을 보였으니 우선은 건강을 완전히 회복하시는 일이 먼저인데, 지금 후계를 거론하시는 것은 성급한 분부이십니다."

유사청이 웃는 얼굴로 가만히 고개를 저었다.

"허허허! 아니다. 내 나이 이미 팔십을 넘기고 있고, 또한 일신에 깃든 병이 가볍지 않아 오늘 보고 나면 언제 다시 또 본다는 기약을 할 수 없다고 해야 할 것이다. 일한!"

유사청의 부름에 막일한이 급히 머리를 조아렸다.

"예! 사부님!"

"지금 이 시간부로 네가 광무궁의 궁주다."

막일한의 어깨가 잠시간 부르르 떨렸다.

이어 그의 허리가 좀 더 깊숙이 숙여졌다.

"사부님! 다시 말씀드리는 것이나 사부님께서는 아직 강녕하시오니 후계를 거론하심은 마땅하지 않습니다. 또한 굳이 후계를 정하시려면 궁주의 위는 마땅히 천학에게 이어져야 할 것입니다. 미거한 제자는 감히 말씀을 받들지 못하겠나이다."

막일한의 말은 사뭇 강경한 것이었는데, 그의 옆에 선 상유전과 후량, 그리고 풍찰 등의 얼굴에는 한결같이 조급한 기색이 나타나고 있었다.

유사청의 나직한 목소리가 다시 흘러나왔다.

"너는 더 이상 사양하지 말라. 나의 병은 이미 돌이킬 수 없는 것이니 더는 말할 것이 없을 것이고, 천학 또한 천형을 안고 사는 처지인데 더 말해 무엇 하랴. 허허허! 다만 바라건대 노부가 죽고 난 이후라도, 너와 궁의 사람들이 천학이를 불쌍히 여겨 남들로부터 멸시받지 않고 또한 궁핍하게 살지 않도록 보살펴 주기를 바랄 뿐이다."

"사부님!"

"그만, 되었다. 그리고 유전, 후 원주(院主), 풍 총관!"

"예! 사부님!"

"예! 궁주님!"

상유전과 후량 등이 동시에 대답했다.

"일한이 실질적으로 궁을 이끌어온 지 이미 꽤 되었으니 이제 정식으로 궁주의 위에 오른다 해도 궁의 운영에는 크게 차질이 없을 것이오. 그렇다 하더라도 그대들은 신임 궁주를 보필함에 있어 좀 더 열과 성을 다하여 본궁의 성세가 지금보다 한층 뻗어갈 수 있도록 해주시게."

"그리하겠습니다."

"성심을 다하겠습니다."

유사청이 빙그레 웃는 표정으로 좌중을 한 바퀴 돌아본 다음에 다시 막일한을 향했다.

"일한!"

"예! 사부님!"

"허허! 천학이 저 아이가 궁 바깥으로 유람을 나가겠다고 하니 네가 필요한 것들을 좀 챙겨주도록 해라."

"예……?"

뜻밖의 소리에 막일한과 좌중의 인물들이 모두 그에게로 시선을 향했다.

그의 옆에서 추랑이 약간은 애매해 보이는 웃음을 지었고, 그것을 따라 하기라도 하듯 그 또한 두 눈을 크게 떠서 생각없이(?) 웃는 표정을 지어 보였다.

막일한이 다시 유사청을 보며 말했다.

"사부님! 최근에 들어 천학이 상당한 회복을 보이고 있다는 것은 저도 알고 있으나 그러나 여전히 혼자서는 아무것도 할 수 없는 몸인데, 어찌 궁 밖으로……?"

"허허허! 어찌하겠느냐. 그것이 저 아이의 평생 처음이자 마지막 소원이라고 하는데. 그리고 그나마 저만큼이라도 회복이 되었으니 외유(外遊)라도 가능한 것이 아니겠느냐. 그러니 딱한 중에 다행이라 여기고, 무엇이든 저 아이가 원하는 대로 준비를 챙겨주도록 하거라."

유사청의 말이 부드러운 중에도 확고한 의지를 담고 있는 것이라, 막일한으로서도 더는 만류의 말을 할 수가 없게 되었다.

"예! 사부님의 뜻이 그러하시다면 분부하신 대로 하겠습니다."

막일한의 대답을 듣고 난 후 마치 자신의 할 일이 다 끝났다는 듯 유사청은 이내 기진(氣盡)한 모습이 되어 힘겹게 손을 내저었다.

곧 바깥에서 대기하고 있던 의전의 의원들이 급히 들어와 유사청의 맥을 잡고 침을 놓는 등 분주한 모습을 보였고, 사람들은 잠시 지켜보다 모두 방을 물러 나갔다.

그는 마지막까지 자리를 지켰으나 입속에서 맴돌고 있던 묵환에 대한 얘기를 끝내 꺼내지는 못하였다.

한 번 감긴 유사청의 눈은 다시 뜨여지지를 않았고, 아마도 그는 완전히 의식을 놓아버린 듯했다.

그는 결국 추랑이 미는 대로 그곳을 물러 나오고 말았다.

'천마묵환이 실재(實在)하는 물건이라 하고, 또 무슨 절세기보라 하여 꽤나 유명한 물건이라니, 나중에 언제든 그것에 대한 상세한 사항을 알아볼 방법이 또 있겠지.'

■第十二章

챙겨!

챙겨!

은자 천 냥!

신임 광무궁주의 특별 배려라며 총관 풍찰이 그들에게 지급한 돈이다.

추랑 등은 놀라는 기색이 역력했으나 막상 그가 그 돈의 가치를 알게 되기까지에는 상당한 가치 비교의 계산 과정을 필요로 했다.

추랑 등의 한 달 봉급(?)이 은자 세 냥이고, 사 인 가족의 한 달 생활 비용으로 은자 십 냥이면 부족하지 않은 편이라니, 은자 한 냥을 그에게 익숙한 화폐 단위로 환산하자면 대충 삼십만 원 정도의 가치로 보면 될 것 같았다.

'그럼 은자 천 냥이면, 삼억 원……?'

그런대로, 아니, 여행 경비로는 대단히 후하다고 해야 할 금액이었다.

물론 그를 시중드는 하인들이 모두 함께 여행을 떠날 것이었고, 말 두 마리가 끄는 이두마차(二頭馬車) 한 대도 포함되는 제법 거창한 규모이니 소요되는 비용이 만만찮기는 할 것이었다.

그러나 아무리 그래도 은자 천 냥이면 가히 초호화판 여행을 하고도 남을 돈이라고 할 수 있을 것인데, 아마도 궁에서는 그의 이번 여행에 마지막이라는 의미를 톡톡히 부여했던 모양이다.

그뿐만이 아니었다.

여행 경비와는 별개로 그에게는 금 백 냥이 다시 주어졌다. 비상금(?)이라는 명목이었다.

그는 돈에 대한 개념이 아주 없는 사람처럼, 혹은 마치 금 보기를 돌같이 하라는 선현(?)의 가르침을 적극 실천이라도 하듯이 주저없이 그 돈마저 추랑에게 맡겨 버렸다.

그러면서도 그 돈의 가치가 얼마나 되는 것인지에 대해서는 궁금증이 생겨 '얼마야?' 하고 물었더니 추랑 왈, 은자로 이천 냥의 값어치라는 것이었다.

'그럼 육억 원……? 흐흐흐! 사주팔자가 바뀌어서 그런 건가? 이거 내게 재복(財福)이 아주 단단히 붙었나 본데?

"공자님! 신임 궁주는 아마도 이것을 공자님께서 물려받아야 할 유산으로 가늠하는 모양입니다."

그렇게 말하며 웃는 추랑의 표정 뒤로 씁쓸하고도 안타까운 여운이 감돌고 있었다.

그런데 그 말에 대해 그가 기껏 내놓은 답이란 것은,

"이만큼이나 많이 주니 좋지 뭐. 그리고 말이야?"

"……?"

"이제 웬만하면 그 공자님 소리는 그만 좀 하지?"

"……?"

"나는 그 무슨 공자 왈 맹자 왈 하는 고리타분한 소리와는 별로 친하지 않은 사람이라고. 거 왜 부르기 편하고 듣기 좋은 호칭도 얼마든지 있잖아?"

일순 추랑의 푸른 얼굴로 약간의 붉은 기운이 비치는 듯했다.

잠시 후, 그녀에게선 평소의 대범하던 모습과는 걸맞지 않는 기어들어 가는 듯한 가녀린 목소리가 새어 나왔다.

"네에~!"

"공자님! 혹시 더 필요하신 게 있으면 말씀을 하십시오. 궁주님께서는 공자님의 여정에 추호라도 불편함이 없도록 만전을 기하라고 특별히 몇 번이나 하명을 하셨습니다."

풍 총관이 궁주님의 특별한 배려를 다시 한 번 강조하며 한 말이다.

그는 그저 시큰둥한 표정으로 있는데, 곁에 있던 복립이 슬쩍 말을 끼웠다.

"마차 내부에 몇 개소 개조할 부분이 있고, 또 여행 중에 고장이 날 것에 대비하여 예비 부품들과 연장들이 필요합니다. 또한 만약의 경우를 대비해서 간단한 병장기들도 조금은 챙겨놓는 것이 좋겠습니다."

그 말을 듣고 그가 뭐라고 하기도 전에 풍 총관이 바로 반응했다.

"부품과 연장은 자네가 직접 창고에 들러 필요한 만큼 가져오도록 하게. 음! 그런데 병장기라니? 당금 무림에서, 더구나 강남 일대에서 감히 광무궁의 깃발을 보고도 무례를 범할 인물이나 방파가 어디 있을라고? 그런 점은 염려하지 않아도 될 것이야. 물론 공자님께서 군이 필요없다 하셔서 호위를 붙이지 않기로 하였지만, 다 그만한 궁리가 있기에 자네들만으로 공자님의 시중을 들게 하는 것일세. 하하하! 그리고 만약의 경우라 해도 자네들에게 병장기가 다 무슨 소용이겠나? 그런 경우가 염려될 때에는 지체없이 가까운 궁의 지부(支部)에다 도움을 청하는 것이 순서겠지."

풍 총관의 핀잔에도 불구하고 복립의 시선은 그에게로만 향하고 있었다.

그리고,

"줘!"

그 한마디에 풍 총관은 그만 허리를 숙이고 말았다.

몇 년 만인가, 꽤 오랜 시간 만에 다시 말을 하게 된 소공자의 말투는 상당히 거칠고도 험해(?)졌다.

그 억양이나 발음뿐만이 아니라 구사하는 어휘마저도 말이다.

듣기에 영 불편하고 어떨 때는 화까지 치밀어 오르는 것이었지만, 그러나 어찌하겠는가?

그는 노궁주의 유일한 혈족인데다가, 또 모든 사람들이 인정하듯이 말조차 제대로 하지 못할 만큼(?) 중증의 병자인 데다, 더구나 지금은 죽기 전 마지막 여행을 가는 사람으로 되어 신임 궁주를 포함한 궁의 모두가 그가 말하는 것이라면 그 무엇이라도 다 들어주라는 특별한 명이 내려져 있는 것을.

묘한 단체 행동(?)이었다.

언제부터인가 그들은 함께 움직이는 일에 아주 익숙해 있었다.

조금 전에는 기껏 창고에서 마차의 개조와 수리에 필요한 부품이나 연장 따위를 수령하러 갔다 오는데도 나무 휠체어를 탄 그를 앞세워 그들 여섯 사람이 모두 다 함께 대거 출동을 하였다.

그리고 지금 그들은 또 대거(?) 병기고로 향하고 있었다.

무림에 적을 둔 방파에서 병기고란 곳은 상당히 중요한 장소이다.

물론 무인에게는 자신의 독문병기란 게 있고 그것을 언제나 몸에 붙이고 다니게 마련이지만, 그래도 방파 정도의 집단이 되면 개인 전투가 아닌 규모를 가지는 집단 전투 개념에 대해 대비를 하지 않을 수 없다. 하여 집단전이라면 도검류 외에도 용도별로 갖추어야 할 병장기가 많이 필요로 하게 된다.

더구나 방파의 규모나 전통이 있는 경우라면, 이런 저런 경로로 입수되고 전해 내려온 귀하고 가치있는 병장기들을 보관하고 관리하는 장소로서의 역할도 겸하게 되는 것이 일반적이다.

광무궁이 강남제일세라는 명망에 걸맞게 그 병기고의 규모 또한 대단하였다.

병기의 종류는 다양하였고, 그 수 또한 엄청나다고 할 만하였다.

입구에는 지키는 무사가 있었고, 그 안쪽에는 방문자의 출입 명부를 기록하고 병기의 출납을 관리하는 자가 따로 있었다.

그들 일행이 안으로 들어서자 출납을 관리하는 자가 따라붙었다.

창이며 검이며, 도… 나무로 만든 진열대에 각종의 병장기들이 가지런한 모습으로 진열되어 있었으나 그와 일행은 그저 구경 나온 사람들처럼 스쳐보며 지나가고만 있었다.

이윽고 꽤 넓은 병기고를 한 바퀴 다 돌고 그 끝 지점에 이르렀을 때 그들의 앞을 가로막은 것은 하나의 작은 철문이었다.

문에는 제법 커다란 자물쇠가 잠긴 채 걸려 있었다.

복립의 눈길이 잠시 그에게로 향했다. 그리고,

"열어."

그의 짧은 명령에 관리인은 사뭇 완강한 목소리를 내어놓았다.

"안 됩니다. 이곳은 궁주님의 명령 없이는 누구도 들어갈 수 없는 금역(禁域)입니다."

"금역? 허락받았어."

"그렇다면 잠시만 기다려 주십시오. 소인도 맡은 직분이 있는지라 확인이 필요합니다."

관리인이 잰걸음으로 입구로 가서 경비 무사에게 무엇을 지시한 후 다시 일행에게로 돌아왔다.

그리고 얼마 지나지 않아 풍 총관의 모습이 입구에 나타났다.

풍 총관은 그를 향해 허리를 숙여 보인 후 대뜸 날카로운 눈빛으로 복립을 노려보았다.

일행이 여기까지 이르게 된 데에는 복립의 꼬드김(?)이 있었다는 것을 어렵지 않게 짐작할 수 있었기 때문이리라.

그의 입에서 나직한 호통이 터져 나왔다.

"이 사람아! 자네 지금 무슨 짓을 하려는 건가? 그저 만약의 경우를 대비해 몸에 지니겠다는 병장기야 이 바깥에도 천지인데, 군이 궁의 지밀(至密)이라고도 할 수 있는 중병기고(重兵器庫) 안으로 들어가려는 이유가 도대체 뭔가?"

총관의 힐책에 대해 복립이 무어라 답할 것이며, 또 답할 처지나 되겠는가.

복립은 짐짓 겁먹은 표정이 되어 그를 바라볼 뿐이었다.

'저놈이……?'

다분히 속 보이는 그 연기(?)에 풍 총관의 눈꼬리가 하늘로 치솟아갈 때, 아니나 다를까.

"나야! 내가 한번 보려는 거야."

상대가 바뀐 까닭에 풍 총관이 애써 표정 관리를 하며 목소리를 가다듬었다.

"공자님! 중병기고 안에 있는 병기들은 일반 무인들도 함부로 사용하기 어려운 중병(重兵)이거나 기병(奇兵)에 속하는 물건들입니다. 공자님께는 아무런 소용도 되지 않는 물건들일 뿐만 아니라, 그중에는 강호로 잘못 가지고 나가면 오히려 화(禍)를 부를 물건들도 적지 않습니다. 본래 무인들이란 비급과 명기(名器)에 대해서라면 목숨도 아끼지 않는 법인지라……."

그러나 그의 걱정(?)은 더 이상 이어지지 못했다.

"일단 구경부터 해보고."

풍 총관의 두 눈이 부릅떠져 있었다.

이건 완전히 한줄기 회오리바람이 쓸고 지나가는 듯하였다.

지금 전면에 나선 것은 필보였다.

필보가 눈으로 찍으면, 그의 입에서는 한마디 짧은 말이 나왔다.

"저거!"

그리고 주워 담는 것은 단거였다.

"옙!"

단거는 미리 준비해 온 커다란 포대를 등 뒤에 메고 있었다.

"저쪽 거!"

"옙!"

그가 주로 가리키는 것, 아니, 사실은 필보가 주로 찍는 것은 암기(暗器)류였다.

표창(標槍)과 비수(匕首)는 기본이었고, 기기묘묘한 형상의 다양한 암기들이 그의 눈에 찍혀 단거의 포대 안으로 마구 휩쓸려 들어가고 있었다.

그로서는 대부분의 이름들조차도 알지 못했지만, 그것들 중에는 비표(飛標)가 있었고, 수전(手箭)이 있었고, 그 외에 수리도(袖裏刀), 유엽비도(柳葉飛刀), 질려(蒺藜), 사(沙), 분(粉), 전(錢), 환(丸), 침(針), 정(釘)에서부터 심지어는 귀하디귀한 몇 알의 벽력탄(霹靂彈)까지도 포함이 되어 있었다.

"이것도!"

"옙!"

"저것도!"

"옙!"

풍 총관의 얼굴에 서서히 핏기가 사라져 가고 있었다.

'맙소사! 이건 무슨 전쟁이라도 한 판 치르겠다는 작정들인가?'

그리고 얼마 지나지 않아 풍 총관은 더 이상 놀라기를 포기해 버렸다는 듯 마침내 담담한 표정이 되어버렸다.

   '어디 마음대로들 해보라지. 이미 궁주께서 원하는 대로 다 해주라는 명을 내리신 이상, 병기고를 다 털어간다 해도 나로서는 말릴 도리가 없으니…….'

   단거가 멘 커다란 포대는 금세 불룩해졌다.

   그 안으로 들어간 물건들이 각각으로는 작고 가벼운 것들이라 해도 그것들이 다 쇠로 만들어진 것들이었으니 그만큼 모여 있으면 그 무게가 상당히 나갈 것임은 분명하였다.

   그러나 무겁다는 것은 전혀 문제가 될 수 없었다.

   그 포대를 멘 사람이 바로 단거였고, 힘이라면 주체하지 못해 병이 날 지경인 인물이 또한 단거였기 때문에…….

第十三章

장군도(將軍刀), 십구절편(十九節鞭), 요대검(腰帶劍)

마치 배를 잔뜩 채우고 포만감에 눈이 풀린 맹수처럼 필보의 눈에는 그렇게 만족한 빛이 서렸다.

그러나 그렇다고 해서 그들의 쇼핑(?)이 다 끝난 것은 아니었다.

충직한 짐꾼의 노릇만 하고 있던 단거가 도(刀) 하나를 불쑥 집어 들었다.

누구도 눈짓을 하거나 혹은 그가 '저거!' 하고 지시(?)를 하지도 않았는데도 말이다.

'저게 사람이 쓰라고 만든 칼 맞나?

그의 머리 속으로 언뜻 떠오르는 생각이 그랬다.

길이가 거의 이 미터에 달하는 칼이었다.

그 칼을 보고 있자니 저절로 솟아오르는 시 구절 하나.

한산 섬 달 밝은 밤에 수루에 혼자 앉아
큰 칼 옆에 차고 깊은 시름하는 차에
어디서 일성호가는 남의 애를 끊나니

그가 현충사에 직접 가본 적은 없었지만, 이순신 장군이 남겼다는 두 자루 칼이 그 길이가 근 이 미터에 달하는 것이라고 했다.

'가히 장군도(將軍刀)다.'

자신의 키보다도 근 한 뼘은 더 커 보이는 긴 칼을 세워보고 또 비스듬히 눕혀보고 하면서 단거의 입가로 만족스러운 미소가 짙어지고 있었다.

그리고 언뜻 자신의 거동을 주시하고 있는 풍 총관의 눈길을 느꼈는지 단거의 시선이 여지없이(?) 그에게로 향했다.

너무나 분명한 의사 표시였다.

'나 이거 가지고 싶소.'

그런 터에 그가 달리 무슨 소리를 하랴.

"챙겨!"

마침내 단거의 입이 옆으로 쭈욱 찢어졌다.

그리고는 그 긴 칼을 포대에다 쑤셔 넣으려 이리저리 찔러보다가 도저히 여의치 않았는지 결국에는 한 손에 들고 만다.

그리하여 그 무거운 포대를 한 손으로 비끌어 메게 되었는데, 그러면서도 단거는 전혀 힘에 부치는 기색이 없이 싱글벙글하였다.

필보에 이어 단거까지 자기 것(?)을 챙기고 나니, 나머지 사람들의 몫도 있어야 하지 않을까 하는 부담이 은근히 생겨날 법도 하였다.

그의 시선이 추랑과 손 노대를 향했다.

그의 눈길에 추랑은 빙그레 웃으며 고개를 저었고, 손 노대 역시 자신과는 전혀 무관하다는 듯 쓴웃음을 머금었다.

마지막으로 그가 복립에게로 시선을 주었을 때, 복립은 마침 한쪽으로 눈을 고정시키고 있었다.

한 쌍의 단검(短劍)이 진열대에 꽂혀 있었다.

길이 사십 센티미터나 될까?

가죽으로 보이는 검집 바깥으로 역시 가죽 끈을 촘촘하게 엇갈려 감아놓은 손잡이가 제법 기품있어 보이는 쌍검(雙劍)이었다.

망설일 이유가 어디에 있을까.

"챙겨!"

그 한마디에 복립이 냉큼 다가가 쌍검을 수거(?)해 와서는, 풍 총관의 따가운 눈길에서 도피라도 시키듯이 단거가 메고 있는 포대의 안쪽으로 쑤셔 넣어버렸다.

"후우!"

아마도 풍 총관에게서 나왔음 직한 나지막한 한숨 소리가 병기고의 건조한 공기 속으로 퍼져 가고 있었다.

복립 등은 모두 만족한 얼굴들이었다. 그들로서는 챙길 만큼 챙긴 뒤끝이니 그럴 만도 할 것이었다.

그러나 막상 스스로의 가슴속에 허전한 감이 드는 것을 느끼고 문득 그는 고소(苦笑)를 배어 물고 말았다.

그들이 챙긴 수많은 물건들 중에 정작 자신의 것이 없다는 그런 것보다는, 아무도 그의 것을 챙겨주려는 사람이 없었다는 데에 대한 섭섭함이었을까.

물론 손끝 하나도 움직이지 못하는 그에게 병기가 어울릴 리 없고, 당연히 누구도 그를 위한 병기를 생각하지 않는 것은 당연한 일일 것이었다.

그런데도 이런 섭섭함을 느끼게 되는 것을 보면, 사람인 이상 끝내 버리기 어려운 것이 바로 욕심이란 말이 맞기는 한 모양이었다.

비록 지금은 이런 꼴이 되어버렸지만 본래의 그 또한 병기를 써보았던 사람이다.

그러니만큼 난생(?)처음 보는 이런 병기의 보고(寶庫)에서 다른 사람들이 제각기 마음에 드는 병기들을 마음대로(?) 고르고 있는 중에 그라고 해서 어찌 욕심이 나지 않을까.

"공자님! 이젠 다 고르셨습니까?"

첫인상이 안 좋으면 하는 짓마다 밉게 보인다고 하더니, 나름대로는 웃는 모습으로 말하는 풍 총관이 새삼 밉살스럽게만 여겨진다.

"왜? 그만 골라야 돼?"

"예? 아… 아닙니다. 공자님의 마음에 드시는 물건이 있다면, 얼마든지 더 고르셔도 됩니다."

"그래……?"

사람에 대한 미움이 심통으로 터져 나오는 것인가.

갑자기 그의 시선이 다시 사방의 구석을 훑기 시작했다. 그리고,

"저기… 저것 좀 가져와 봐."

그의 시선이 머무는 곳은 조금 특별해 보이는 형상의 물건들이 보관되어 있는 진열대였다.

한눈에 보기에도 사슬 낫, 다양한 길이의 채찍들, 그리고 용도를 알 수 없는 쇠사슬 등등… 거의 대개가 줄에 매달린 병기들이거나 또는 부드러운 형체를 가진 연병기(軟兵器)들로 보였다.

그의 시선이 머무는 목표점을 포착하였다는 듯 필보가 성큼거리며 걸어갔다.

그리고 진열대 앞에 서서 다시 그의 시선이 향하는 목표 지점을 가늠했다.

그러나 가까이 있는 것도 아니고, 열 걸음쯤이나 떨어진 곳에서 그의 시선이 향하는 정확한 지점을 짚기란 쉬운 일이 아니었다. 또한 어쩌면 그의 이런 행위 자체가 애초에 심통으로 시작한 것이니만큼 처음부터 어떤 물건을 지정해서 가져오라고 한 것이 아닐 수도 있었다.

여하간 필보는 대충(?)의 지점에서 물건 하나를 집어 올렸는데, 그의 손아귀가 커서 그런지 하나의 물건에 또 하나의 물건이 딸려 올라왔다.

촤르륵!

똬리가 져서 동그랗게 말아진 물건 하나와 그 물건에 딸려 올라오다가 그만 풀어헤쳐져 바닥으로 그 긴(?) 몸통을 늘어뜨리는 쇠사슬과도 같은 또 하나의 물건이었다.

엉거주춤하게 두 개의 물건을 들고서 필보가 그를 바라보고 있었다.

'어찌하오리까?'

"다 가져와 봐!"

필보가 가져온 물건들은 제법 거창함을 자랑하는 것들이었다.

우선은 조금 전에 바닥으로 늘어지는 바람에 필보가 대충 추슬러 들기는 했지만 그래도 그 끝을 바닥에 끌면서 들고 온 그 쇠사슬 뭉치.

'저건……?

그의 내심으로부터 절로 작은 외침이 터져 나왔다.

그 모양새가 그에게 지극히 익숙하였다.

열 몇 개는 넘어 보이는 쇠막대들이 가는 쇠사슬에 연결이 되어 있었다.

쇠막대와 쇠사슬은 짙은 오광(烏光)의 검은색이었는데, 그 재질이 특수한 것인지 마치 무슨 흑옥(黑玉)이라도 되는 듯이 반들반들하니 은은한 윤기를 띠고 있어, 보고 있노라니 탐스럽다는 생각마저 들었다.

각각의 쇠막대는 굵기가 칠팔 밀리미터 정도에 길이가 십 센티미터 정도 되었다.

편두(鞭頭)는 날카로워 보이는 추의 형태다.

'이놈! 좀 더 길어 보이기는 하지만 아주 비슷하게 생겼다.'

문득 그에게서 은근한 흥분의 기색이 담긴 목소리가 흘러나왔다.

"펴봐!"

필보가 그의 앞에다 그 쇠사슬 뭉치를 길게 늘어놓으니, 그 전체 길이는 근 사 미터 정도나 되었다.

'하나, 둘, 셋, …열둘, 열셋, …열여덟, 열아홉! 열아홉이면 십구절편(十九節鞭)이다.'

그가 그 십구절편(?)을 자세히 살펴보고, 또 자신의 기억 속에 있는 물건과 감회 섞인 대비를 하고 있는 동안에 다른 사람들은 아무 생각 없이 그들 두 기묘한 물건과 그에 못지않게 이상한 사람을 번갈아가며 쳐다보고 있었다.

이윽고,

"챙겨!"

그에게서 예의 그 한마디가 떨어지자 필보가 그 긴 쇠사슬 뭉치, 십구절편을 주섬주섬 말아서는 단거의 등에 메어진 포대 자루에 쑤셔 넣었고, 다른 사람들은 여전히 멍한 표정으로 그 모습을 바라보고만 있었다.

그가 그 괴상한 십구절편을 정말로 챙기라고 할 줄은 아무도 생각하지 못한 것이다.

그런 괴상한 쇠채찍과 같은 것은. 기형(奇形) 병기 중에서도 특수한 것에 속해서 웬만한 무인(武人)이라고 해도 결코 용이하게 다룰 수 있는 물건이 아니었다.

자칫 마구 휘두르다가는 남을 치기 전에 제 몸이나 부수기 십상인 것이다.

그런 판에 그와 같이 누워서 지내는 처지에 있는 사람임에랴.

하여간 그의 취미가 유별나던지, 아니면 그의 심통이 유별나다고 할 수밖에 없는 일이었다.

"마저 펴봐!"

남은 하나의 물건, 즉 똬리가 져서 동그랗게 말린 물건을 펼쳐 보라는 소리였다.

필보가 그 명령에 충실하여 그 똬리를 바닥에 놓고 이리저리 만져보다가 어디를 어떻게 누른 모양이었다.

찰칵!

무언가 잠겼던 것이 어떤 탄력으로 튀어 오르는 소리가 나더니, 둥글기만 하던 그 물건이 스르르 굴러가며 긴 띠의 형태로 풀려지는 것이었다.

생각보다는 스스로 펴지려는 힘이 강했던 것인지 그 물건은 제법 곧게 펼쳐졌고, 마치 베일을 벗는 무슨 수수께끼처럼 그 적나라한 모습을 드러냈다.

기묘했다.

길이는 이 미터나 되는 것 같은데, 마치 여인네들이 허리 묶을 때 쓰는 채대(彩帶)와도 같아 보였고, 또 현대인(?)인 그의 눈에는 무슨 공업용 강대(剛帶)와도 같아 보이는 것이었다.

또는 요염한 은빛의 검신(劍身)에다 손잡이까지 있는 것이 마치 한 자루의 기다란 검(劍)과 같이 생각되기도 했다.

그 길이는 이 미터에 이르러, 손에 들면 바닥으로 축 늘어져 버리는 그런 용도 미상의 검 말이다.

'혹시 채찍인가?

그렇지도 않은 것 같았다.

아무래도 검과 같다고 여긴 것은 그 검신(劍身)의 양면으로 분명히 날[刃]이 서 있었기 때문이다. 그것도 제법 날카로워 보이는 날이.

미끈하도록 길게 뻗은 그 몸체를 보고 있자니, 마치 요염스러운 전라(全裸)의 미녀가 교태를 부리고 있는 듯하여 일순 아찔한 느낌마저 드는 것이었다.

그 느낌이 나쁠(?) 리는 물론 없는 것이었으나 괜히 주책이라는 생각이 들기도 하여 슬쩍 주위를 둘러보니, 다 같은(?) 남자들이면서도 복립이나 단거 등은 전혀 그런 속물스러운(?) 생각을 하지 않고 있는 듯했다.

어찌 되었든 가져오라고는 했으나 막상 펼쳐진 것을 보니 그 정체는커녕 용도가 추정조차 되지 않는다.

어색하기도 하고 머쓱하기도 하여 곁에 선 복립의 얼굴을 쳐다보는데, 마침 복립이 빙그레 웃으며 말을 내어놓았다.

"조금 길긴 하지만, 요대검(腰帶劍)의 일종으로 보시면 되겠습니다. 다만 그 길이가 칠 척(七尺)에 이르러 사실상의 실용성은 없는 것으로 보입니다. 아마도 어느 뛰어난 장인(匠人)이 자신의 재주를 시험 삼아 만들어본 것이던지, 혹은 무가(武家)에서 단지 소장용으로 특별히 주문하여 제작을 한 것 같습니다."

"음! 그래……? 그런데 하필 왜 이런 걸 소장하려 하지?"

지금 그런 걸 알아 무엇을 하려는 것인지, 그러나 일단은 그가 물었으니 복립으로서는 아는 데까지 답을 해야 할 처지였다.

"본래 요대검과 같은 연검류(軟劍類)는 부드럽고 탄력이 좋아 그 길이에 따라 손목이나 허리에 감고 다닐 용도로 만들어집니다. 또 유사시에는 감긴 부위에서 그 탄력을 그대로 살려 발검(拔劍)과 동시에 공격이 가능하다는 장점이 있습니다. 그러나 반대로 검신(劍身)이 부드럽고 휘청거리는 만큼 제대로 다루기 위해서는 상당한 숙련이 요구되게 됩니다. 혹은, 저도 직접 본 적은 없으나 내공의 달인인 경우에는 검에다 내공을 주입해 보통의 검처럼 사용하기도 한다고 합니다. 그러나……."

"그러나……?"

"그것도 어느 정도의 길이일 경우에 가능한 것이지 이 검처럼 길이가 칠 척에 이르게 되면, 아마도 천하에서 이 검을 제대로 사용할 인물은 없다고 하여야 할 것입니다. 하여 제가 소장용일 것이라고 추정을 한 것입니다."

잠시 무엇인가를 생각하던 그가 곧 짧게 외쳤다.

"좋아!"

"……?"

"챙겨!"

"……!"

소공자 유천학의 원행(遠行)을 위한 준비가 차근차근 갖춰져 가고 있었다.

크게 필요로 하는 물건들이 다 챙겨진 다음부터는, 사실 그 준비는 그들 자체적으로 행해지는 그들만의 준비가 되고 있었다.

복립과 필보는 마차의 내부에다 그의 나무 휠체어를 올리고 내리기 쉽게, 또 고정시키고 분리하기 용이하도록 개조 작업을 했다.

그 외에 지난번에 한몫(?) 챙겨두었던 잡다한 물건들을 쓰임새별로 분류하여 실을 수 있는 짐칸도 만들어 넣었다.

한편 추랑은 그들이 여행을 하는 동안 먹을 밑반찬을 꼼꼼하게 챙겼다.

물론 여행 경비가 충분하다 못해 넘칠 지경이었으니 들판에서 숙박이나 끼니를 해결해야 할 일은 없겠지만, 그래도 그들의 입맛이란 게 여기 중국인들하고는 좀 다른 데가 있어서 몇 종류의 밑반찬은 준비를 해야 했다.

그런 걸 보면 중국에 건너온 지 십여 년이란 세월이 흘렀음에도 불구하고 나고 자란 고국 땅에서 익힌 입맛은 영원히 잊혀질 수가 없는 종류의 것인 모양이었다.

그런 측면에서 더욱 기이하고, 한편으로 신기하기까지 한 것은 바로 그, 유천학이라는 사람이었다.

요즘 워낙 강변하다시피 자신이 유천학이 아니라 철대산임을 기회 있을 때마다 설파(?)하는 그였으나 어쨌든 확실한 것은 그의 정신은 몰라도 그의 몸이 중국 사람이라는 것은 의심의 여지가 없는 것이 아니겠는가.

그럼에도 불구하고 그가 유난한 정도를 넘어, 오히려 진짜(?) 고려 사람들인 그들보다도 더욱더 짠지와 된장 등 고려 고유의 밑반찬류에 소위 환장(?)을 하는 모양새는 모두를 새삼 어리둥절하게 만드는 것이었다.

최근 그의 음식 섭취량은 제법 늘어나 있었는데, 그는 상당히 반찬을 편식하는 경향이 있었다.

특히 기름기가 많은 보통의 중국 음식들에 대해서는 금방 질려하였고, 대신에 그녀가 틈틈이 담아둔 짠지와 된장, 그리고 장아찌 등 '지' 종류의 반찬을 아주 즐겨 먹었다.

그러나 사실 그의 입장에서는 추랑이 보는 바와는 다소 다르게, 짠지나 된장 등이 처음부터 익숙하였던 것은 아니었다.

그녀가 짠지라고 하는 것은 말하자면 김치와 비슷한 것이었는데, 다만 무와 배추 비슷한(?) 채소를 그냥 소금에 절여 발효시킨 정도였고,

결정적으로는 고춧가루가 전혀 들어가지 않은 일종의 백김치와 같은 것이었다.

된장이라고 하는 것 또한 그에게 익숙한 그런 된장이 아니라, 간장과 된장을 섞어놓은 듯한 걸쭉한 형태였다.

어찌 되었든 그가 그나마도 낯선(?) 음식들에 적응할 수 있었던 것은 바로 그 고려의 짠지와 된장, 장아찌 등의 덕분이었다.

한 가지 그 스스로도 신기한 것은 그의 미각이 별다른 적응 과정 없이도 그 낯선(?) 맛들에 익숙해진다는 것이었다. 추랑 등 그들 고려 사람들이 놀랄 정도로.

그런 걸 보면 역시 사람의 몸과 정신 중 보다 위대한 것은 바로 정신인 모양이었다.

그런 진리를 입증이라도 하듯 그의 정신은 요즘 들어 점점 뚜렷한 주체성(?)을 만방에 떨치고 있는 중이었다.

바로 그 본래의 성격과 독특한 개성이 본격적으로 발휘되어 나오고 있는 것이었다.

그는 점차로 자신이라는 존재를 주위에다 보다 강하게 각인시켜 나가고 있는 중이었다.

그가 하는 모든 생각과 말은 주위에서 보기에 지나칠 정도로 그 자신이 중심이 되었다.

그렇다고 가볍다거나 자주 나서는 것은 아니었지만 한번 내놓은 말이나 주장에 대해서는 좀체 고집(?)을 꺾지 않았고 또한 거침이 없었다.

주변 사람들이 얼마나 얼떨떨해하고 당혹스러워하는지는 그에게 전혀 고려(考慮)나 염려의 대상이 되지 않았다.

물론 명목상으로 그가 주인인 것은 맞지만, 그러나 그의 주변에 있는 인물들이 그들 나름의 특수한 관계를 가지고 있다는 것을 모르지 않을 터인데도 말이다.

어쨌거나 그런 덕분으로 이제 그들 중에서 더 이상 그를 본래의 유천학이라고 생각하는 사람은 없었고, 그렇게 그는 철대산이라는 독특한(?) 개성을 가진 새로운 인물이 되어가고 있었다.

그들에게 또 하나의 변화가 있었다.

그것은 노궁주 유사청이 그, 철대산에게 유일한 유산(?)으로 물려준 바로 그 인물, 위천이 새로운 일원으로 합류를 함으로써 생긴 변화였다.

위천은 사노비(私奴婢)로서 소공자 유천학에게 주어졌다.

노비라 함은 일반의 시비나 하인들과는 그 개념이 달랐다.

시비나 하인의 경우가 일정액의 보수와 일정 기간을 두고 주인 될 사람과 봉사의 계약을 맺는 관계라면, 노비는 처음부터 아예 그 존재의 모든 가치를 무기한, 무조건으로 주인이 소유해 버리는 재산의 개념으로 통용이 되었다.

철대산은 위천에 대해 말하면서 인간의 존엄성이라느니 평등성이라느니 노예 제도의 부당함이라느니 하는 등등의 그들로서는 무슨 말인지 전혀 이해 못할 말을 섞어가며 다소 장황하게 설명을 한 바 있었다.

그러나 추랑 등이 이해한 것은 다만 위천이 노궁주가 물려준 유산이라는 확실한 사실과 그리고 그렇다면 혹시 위천이라는 인물에게 알지 못할 어떤 내력이 있을지도 모른다는 막연한 추측 정도였다.

그리고 열흘여를 한 식구로서 지내는 동안 그들이 위천에게서 발견해 낸 점은 그가 지극히 노예답다(?)는 것이었다.

그는 너무나 노예다워서 오로지 맹목적인 충성밖에 모르는 자였고, 그 외에는 전혀 다른 생각이 없는 사람 같았다.

아무리 노예라도 울고 웃고 즐거워하고 화낼 줄 아는 인간으로서의 기본적인 감정 표현은 있어야 할 것인데, 그런 점에서 위천은 지극히 비정상적인 인간이었다.

위천이 하는 양을 가만히 보고 있노라면 그가 혹시 어떤 특수한 과정을 거쳐 세뇌(洗腦)를 받지 않았는가 하는 생각이 들 정도로 온통 주인에 대한 지독한 충성심으로만 가득 차 있는 것으로 보였다. 그래서 그 충성심을 제외하고 나면 그 스스로는 인간으로서 가져야 할 기본적인 삶의 목표조차 가지고 있지 않은, 오로지 충성하도록만 길들여진 그런 사람 같았다.

그의 모든 관심은 오직 그의 주인에게로만 쏠려 있었고, 단 한시도 그의 시선에서 주인을 놓치지 않으려고 하였다.

상대적으로 그는 다른 일은 거의 하려고 들지를 않았다.

자신의 주인이 말하는 것 이외에는 정말 다른 어떤 것에도 관여를 하지 않았고, 전혀 관심조차도 두지 않았다.

그는 자신이 주인의 곁에 있는 것에 대해 방해만 하지 않으면 다른 어떤 것도 요구하거나 바라지 않았고, 추랑이나 손 노대 혹은 복립 등이 시키거나 부탁하는 아주 사소한 일에 대해서도 아예 대꾸조차 하지 않는 형편이었다.

다행스러운(?) 것은 추랑 등이 그런 위천에 대해 의외로 쉽게 인정을 해준다는 것이었다.

어쩌면 그들도 노비로서의 그의 태도와 가치관에 대해 그리 낯설지만은 않다는 것으로도 보였다.

처음에는 약간의 오해와 또 서로 간의 적응을 위한 마찰들이 좀 있는 것 같더니 며칠의 시간이 지나고 나자 위천이 어떤 사람인지, 또 그의 가치관이 어떤 것인지에 대해 인정을 해주는 분위기로 돌아서는 것 같았다.

정작 곤혹스러운 것은 바로 위천의 주인이 되는 그였다.

그는 처음에 예의 그 인간의 존엄성이라느니 하는 등등의 말을 다시금 들먹이며 위천을 설득해 보려 하였는데, 위천은 그의 어떤 말에도 끄떡하지 않았다.

그의 말이 명령이나 지시가 아니라면 그저 듣기만 하였다.

다만 다른 사람의 말을 들을 때와 다른 것이 있다면, 그의 말에 대해서는 언제나 지극히 공손한 태도로 듣는다는 것이었다.

심지어는 그가 스스로 자신은 유천학이 아니라 철대산이니 자신에게 충성을 바칠 이유가 없다고까지 말을 해도 위천은 조금치의 반응도 보이지 않았다.

위천이 그처럼 철두철미하게 노비로서의 지위(?)를 고수하려는 태도에는 한편으로 이상한 면이 있기도 했다.

바로 일개 하인에 불과한 복립 등이 하늘 같은 그의 주인을 향해 대형이니 어쩌니 하고 당장에 경을 칠 무례를 범하고 있는데도 위천이 여전히 별다른 반응을 보이지 않는다는 것이었다.

그런 것을 보면, 위천에게 중요한 것은 오로지 그 자신과 주인 사이의 직접적인 일 대 일의 관계인 것이고, 그 나머지는 전혀 고려의 대상이 되지 않는 모양이었다.

결국 철대산이 위천에 대해 정의를 내리기를,

'이자는 꼭 무슨 로봇 같다. 오로지 주인을 위해서만 절대적인 충성을 다하도록 프로그램이 입력된 로봇……. 허허! 하지만 사람으로서어떻게 오로지 다른 사람만을 위해서 죽고 살 수가 있다는 말인가? 진정 사람이라면 그럴 수는 없는 일이다. 그에게도 인간으로서의 당연한본성과 본능이 있을 것이니, 일단은 그 스스로 그런 이치를 깨달아갈때까지 두고 보는 수밖에.'

일단 그렇게 나름대로의 방식으로 인정을 하고 나서, 그 역시도 위천이라는 존재에 대해 있는 그대로의 모습으로 받아들이기로 했다.

어쨌든 자신의 편이 아닌가.

당장에 어색하고 귀찮은 면이 없지는 않았지만, 생각하기에 따라서는 유사청의 말대로 마지막까지 믿을 수 있는 유일한 존재가 될지도모르는 일이었다.

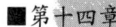

■第十四章

좋아! 가자!

좋아! 가자!

한 무리의 거창한 행렬이 광무궁의 성문을 나서고 있었다.

한 대의 이두마차(二頭馬車)를 가운데로 하여 이십여 기의 완전무장(完全武裝)한 철기(鐵騎) 부대가 앞뒤로 호위를 하고 있었다.

경(輕)갑옷에다가 투구, 그리고 저마다 하늘로 곧추세운 창들이 마치 개선장군의 행렬이라도 되는 듯 제법 요란하였다.

성문 주변에 오가던 사람들이 걸음을 멈추고 호기심에 찬 눈길을 그 행렬로 주고 있었으나 막상 그 행렬의 주인이 누구인지를 아는 사람은 별로 없는 것 같았다.

그들은 바로 광무궁을 떠나 강호로 나가는 소공자 유천학과 그 일행이었다.

신임 궁주 막일한은 그들을 환송하기 위해 광무궁의 상징이라고 할 수 있는 철갑기마대(鐵甲騎馬隊) 중의 이십 기로 하여금 성 밖 십 리까지 그들을 호위하게 하였다.

이두마차의 마부 자리에는 위천이 앉아 있었고, 마차의 한쪽 옆으로 손 노대와 복립, 그리고 필보와 단거가 따르고 있었다.

"거참, 공자께서 극구 마다하시는데도 무슨 생색낼 일이 있다고 굳이 이렇게들 요란을 떠는지 모르겠네? 제길, 괜히 먼지만 잔뜩 덮어쓰는구만."

단거가 나직하니 투덜거렸다.

"다른 의도가 있지는 않을까요?"

필보가 곁에 있던 복립에게 넌지시 묻는다.

"다른 의도래야 뭐 있을 게 있겠나? 이미 공식적인 승계 절차에 의해 궁의 주인이 바뀌었는데… 이제는 오히려 유 공자에게 후하게 대해주는 모습을 보여야 할 때라고 해야겠지. 정통성을 더욱 부각시키고, 내외(內外)에다 새로운 지도 체제의 후덕함과 관대함을 널리 알리려면 말이야."

궁으로부터 십 리 떨어진 갈림길에서 그들 철기부대는 뿌연 먼지를 남기며 다시 궁으로 돌아갔다.

"그 친구들, 끝까지 먼지를 남기고 가네."

단거의 투덜거림을 귓전으로 흘리며 한동안 그 먼지의 꼬리를 바라보고 있던 복립이 싱긋 웃으며 마차의 안쪽을 향해 말했다.

"이제부터 진짜 우리의 여행이 시작됩니다. 출발 명령을 내려주십시오! 공자님!"

짐짓 약간의 흥분까지 담은 그의 목소리에서는 마치 출전(出戰)을 앞둔 원정군(遠征軍)과도 같은 감상이 번지고 있었다.

그런데 마차 안에서는 뜻밖에도 약간은 심사가 뒤틀린 듯한 목소리가 되돌아 나왔다.

"공자님……?"

일순 복립의 얼굴에 쓴(?)웃음이 돌았다.

그가 사뭇 묘한 표정이 되어 주위를 한 바퀴 돌아보는데 그와 눈을 마주친 필보며 단거의 얼굴에 다 희미한 웃음이 맺히고 있었다.

다만 마부석에 앉은 위천만은 여전한 무표정을 고수하고 있었다.

복립이 목소리를 가다듬어 다시 마차 안을 향해 말했다.

"출발 명령을 내려주십시오. 대형!"

이번에 그는 제법 진중한 척을 했으나 아무래도 그의 말투에는 어쩔 수 없는 어색함이 녹아 있었다.

그러나 복립은, 또 그들 모두는 곧 익숙해질 것이다. 아니, 익숙해져야만 하는 것이었다.

광무궁의 성문을 나서는 그 순간부터 그는 자신이 정말로 온전히 철대산임을 분명하게 선언한 바 있었다.

그리고 이제까지 파악된 그의 성정(性情) 중 일면(一面)을 차지하는 그 지랄(?) 같은 성깔로 보아 당분간, 적어도 그들의 공통된 여행 목적이 달성될 때까지는 더러워도(?) 그에게 비위를 맞추지 않을 수 없겠다는 각오가 이미 되어 있었으니 말이다.

그때 철대산의 한껏 힘이 들어간 목소리가 마차 밖으로 울렸다.

"좋아! 가자!"

"여기가 어딘가?"

"악양(岳陽)이에요."

"악양……? 악양이 어딘데? 가만… 악양이면 혹시 바로 그 악양루(岳陽樓)가 있다는 곳 아닌가?"

"호호호! 모든 걸 모른다 하시더니, 악양루는 또 어찌 기억이 나셨습니까?"

"음? 허허! 그게… 기억이 난 것이 아니라, 원래부터 워낙 유명한 곳이라서 이전에 들었던 적이 있는 거지."

"호호호! 악양루가 유명하긴 유명하지요. 천하삼대루(天下三大樓) 중의 한 곳이니."

"천하삼대루? 그건 또 뭔데?"

"악양루, 황학루(黃鶴樓), 등왕각(藤王閣), 이렇게 세 곳의 루를 천하삼대루라고 하지요."

"흠! 황학루라… 그것도 무협지에서 꽤나 자주 나왔었지."

"예?"

"허허! 아니야. 등왕각은 뭐 하는 덴지 잘 모르겠지만, 악양루와 황학루는 정말 유명한 곳이지. 빼놓지 않고 한 번씩은 꼭 나오는 곳이니까."

추랑과 조금은 이상한(?) 대화를 나누다가 철대산이 문득 목소리에 힘을 주어 말했다.

"그래! 보지 않을 수 없지. 가자! 우리의 강호 유람은 악양루로부터 시작한다."

추랑의 표정이 그만 망연해지고 마는데, 마침 바깥에서 마차에 바짝 붙어 서서 걷고 있던 복립이 철대산의 목소리를 들은 듯했다.

잠시 후, 복립에게서 짐짓 제법 힘을 들인 목소리가 나왔다.

"가자! 대형께서 악양루로 가자신다. 단거 아우는 길을 잡아라."

영문을 모르고 있던 단거가 흘깃하고 복립의 얼굴을 한번 쳐다보았고, 덩달아 필보의 눈길까지 복립에게로 향했다.

그들의 시선에 대해 복립은 다만 입가에 흐릿한 미소를 떠올린 채 힘주어 고개를 끄덕여 보였다.

철대산의 말이 아니더라도 그들이 그래도 명분상으로는 강호 유람을 나왔는데 지척지간(咫尺之間)에 있는 천하삼대루 중의 악양루를 둘러보지 않고 그냥 지나친다면, 그것은 누가 보더라도 이상한 일이 되지 않겠는가?

문득 단거의 생각없이(?) 우렁찬 대답 소리가 울렸다.

"예! 형님!"

이어 복립과 필보, 그리고 대답을 내놓은 단거까지 그들은 서로 마주 보며 실없는 웃음을 흘리고 말았다.

어쩌면 당분간의 필요에다가 장난처럼 가볍게 시작한 일인데, 벌써부터 그들은 이 짓(?)에 재미를 붙인 듯이 익숙해지려 하고 있었다.

그러니 그들끼리의 대화 중에서도 생각없이 아우니 형님이니 하는 호칭이 불쑥불쑥 튀어나오는 것이 아니겠는가?

그런 그들을 지켜보는 손 노대의 입가로 한 가닥 희미한 미소가 흐르고 있었다. 어찌 보면 씁쓰름한 빛이 배어 있는 미소였다.

그들은 악양루에 올라 있었다.

누각은 삼층으로 되어 있었는데, 그 전체 높이가 대략 십오 미터 정도는 되는 듯했다.

옆에서 추랑과 복립이 오늘은 또 관광 가이드가 되어 번갈아가면서 여러 가지를 설명해 주었는데, 대강은 무슨 뜻인지 모를 소리들이었고, 다만 이 삼층짜리 누각을 짓는 데 못을 하나도 쓰지 않았다는 말은 귀에 들어왔다.

'흐흠! 그건 꽤 대단하군. 구조역학적으로 꽤나 어려운 계산과 설계 개념이 있어야 했을 텐데……?'

와중에도 그런 생각이 드는 걸 보면, 어쨌든 그가 이전에 공학도(工學徒)였다는 사실은 어딜 가도 숨기기 어려운 모양이었다.

그때 그의 뒤쪽에서 제법 낭랑히 흘러나오는 한 자락 목소리가 있어 돌아보니, 마침 손 노대가 사뭇 감회에 젖은 모습으로 가까이 비치는 동정호의 은빛 수면과 그 가운데의 작은 섬, 군산(君山)을 굽어보며 뭔가를 흥얼거리고 있는 중이었다.

昔聞洞庭水(석문동정수)

옛날에 동정호에 대해 들었더니

今上岳陽樓(금상악양루)

이제야 악양루에 오르는구나

吳楚東南坼(오초동남탁)

오나라와 초나라가 동남쪽에 갈라졌고

乾坤日夜浮(건곤일야부)

하늘과 땅이 밤낮으로 떠 있다

親朋無一字(친붕무일자)

가까운 친구의 편지도 없으니

老去有孤舟(노거유고주)

늙어감에 외로운 배뿐이로다

戎馬關山北(융마관산북)

싸움터의 말이 북쪽에 있으니

憑軒涕泗流(빙헌체사류)

난간에 의지해 눈물을 흘리노라

영락없는 노문사(老文士)의 모습이 된 손 노대의 목소리는 평소와는 달리 애잔한 가운데서도 울분 섞인 기개 같은 것이 담겨 있는 듯도 하였다.

옆을 돌아보니 추랑과 복립 등도 손 노대의 감정에 이입(移入)이 되었는지, 저마다 눈빛 가득히 어떤 애상(哀想)들을 띄워놓고 있었다.

"흠! 무슨 시 같군. 근데 대체 뭔 소리래?"

그의 한마디에 추랑과 복립은 물론이고, 필보와 단거의 표정에서도 어이없다는 기색들이 스치고 있었다.

한마디로,

'뭐 이런 인간이 다 있나?' 하는 표정들이었다.

그나마 그에게 가장 우호적(?)이라고 할 수 있는 추랑이 겨우 표정을 갈무리하고 가는 한숨과 함께 말을 붙여주었다.

"시성(詩聖) 두보(杜甫)의 등악양루(登岳陽樓)라는 시예요."

"두보? 아… 나도 알지. 이태백(李太白)이하고 중국에서 제법 유명하다는 시인이잖아. 그런데 고작 그 양반 시 한 수 읊는데 분위기가 왜 이래? 하여간 그 어려운 한시(漢詩)를 줄줄 외우는 걸 보니 참 대단하기는 대단하네."

추랑의 눈빛이 다시 어이없어지는 것으로 되다가 종래에는 날카롭게 변해 버렸다.

'이태백이……? 제법 유명해……? 고작 그 양반……? 이런 무식하고 무례한…….'

아마도 그런 정도의 의미가 담겨 있는 눈빛이었으리라.

그러나 그녀가 그런 생각을 했다고 한들 뭘 또 어떻게 하겠는가?

그는 무식한 정도가 아니라, 아예 백치와도 같이 아무것도 모른다고 이미 오래전에 스스로 선언한 바가 있는 사람이거늘.

자고로 몰라서 저지른 죄는 죄가 아니라는(?) 말도 있지 않은가.

이런 경우에는 죄는 미워해도 사람은 미워할 수 없는 경우에 해당됨 직하지 않겠는가.

"휴우!"

그녀의 입에서 긴 한숨 소리가 새어 나왔다.

그리고 무지한 중생을 계도하는 교사의 심정이 되어 그녀의 한 수 가르침이 이어졌다.

"당년에 시성(詩聖)이 긴 전쟁의 와중에서 힘든 유랑 생활을 하던 중 지친 몸을 이끌고 악양루에 올라 지은 시가 바로 등악양루예요. 눈앞에 펼쳐진 동정호(洞庭湖)의 장관을 보고 기뻐하면서도 스스로의 외로움과 나라의 어려움을 생각하고 눈물로써 가슴 아파하는 마음이 고스란히 담겨 있죠. 시성은 이후에 결국 고향에 가지 못하고, 여정(旅程) 중 강상(江上)의 배 위에서 숨을 거두게 되었죠."

추랑의 목소리에는 어느새 잔뜩 감정이 잡혀 있었다.

그러나 그녀에게 한 수 귀중한(?) 가르침을 받고 있는 중인 철대산이란 인물은 전혀 그녀의 감정에 이끌릴 마음이 없는 것 같았다.

"그런데……?"

추랑의 눈빛에 다시 날카로운 빛이 번뜩였으나 이내 포기했다는 기색과 함께 그녀는 스스로의 감정으로 돌아가 말을 마무리하였다.

"지금 우리의 신세가 그때 악양루에 올라 있던 시성과 별반 다르지 않을 것이니, 어찌 착잡한 심정으로 되지 않을까요."

악양루의 관광(?)을 마친 철대산의 일행은 시전(市廛)에 들러 몇 필의 말을 구했다.

몇 필 정도의 말이라면 미리 궁에서 끌고 나올 수도 있었을 것이나 괜한 번거로움과 오해(?)를 피하기 위해 이곳에 나와서 구하게 된 것이었다.

이제부터는 남창(南昌)까지 칠백여 리의 먼 길을 가야 하는데, 관도를 따라 곧장 갈 것이니 이동 속도를 좀 빠르게 하기 위해서는 복립 등이 탈 말이 필요했다.

은자는 넘치게 여유가 있었으므로 그리 궁색하지 않게 제법 튼실한 말을 구하였는데, 복립 등은 생각 외로 말 타는 것에 아주 익숙해 보였다.

조금 말을 타보았다는 사람도 자신에게 익숙하지 않은 말을 탄다는 것은 적지 않게 조심스러운 일일 텐데, 그들이 말을 다루는 모습은 꽤나 노련해 보였다.

더욱 의외인 것은 평생 말 한번 타보지 않았을 것 같아 보이는 손 노대가 그리 어색하지 않게 말을 탄다는 것이었다.

마차에다 모두 말까지 탔으니, 맘먹고 달려간다면 남창까지야 넉넉잡아 삼사 일이면 충분할 거리였다.

그러나 그들은 서둘지 않았다.

물론 그들의 최종 목적지인 여산(廬山)에서 해야 할 일을 생각하면 마음이 급해지는 것도 사실이었으나 서둘다가 괜한 번거로움을 자초하거나 탈이 나는 것보다는 기껏 늦어봐야 며칠 정도의 차이일 뿐인데 천천히, 그리고 안전하게 가기로 하였다.

그들에게는 지금 대다수의 민초(民草)들이 평생을 가도 구경 못해볼 거금이 있었고, 또한 마차에는 무림인들이 관심을 보이기에 충분한 병장기와 각종 암기류들도 가득 실려 있었다.

물론 그들에게 그런 가치있는 물건들이 있다는 것이 겉으로야 드러나지 않을 것이고 조심도 할 것이지만, 그들은 지금 강호로 나와 있는 상태였다.

강호란 곳은 험한 곳이고, 따라서 언제 어떤 일이 생길지 알 수 없는 곳이다. 아무리 조심을 해도 지나치지 않는 곳이 바로 강호라는 곳이었다.

아침 늦게 출발하여 주로 해가 있는 낮 동안만 길을 갔다.

조금이라도 어두워진다 싶거나 혹은 날씨가 조금만 궂어도 근처의 객잔에서 아예 짐을 풀고 하룻밤을 묵어갔다.

그리고 길을 가는 중이라도 지형이 조금 험하거나 인적이 드물어 으슥하다 싶으면, 발길을 멈추고 근처에서 함께 갈 상인들이나 여행객들을 기다렸다가 어느 정도 든든한 인원수가 되었다 싶으면 그들 속에 끼어 그곳을 지나갔다.

그러다 보니 본의든 아니든 간에 이번 여행의 표면적인 명분이었던 강호 유람에는 저절로 충실할 수 있었고, 덕분에 철대산에게는 처음으로 보는 강호의 풍광과 중원이라는 새로운 세계의 모습, 그리고 그 속에서 살아가는 사람들의 모습을 단편적으로나마 살펴볼 수 있는 시간이 되었다.

한편 소려는 자신이 숙원으로 여겨오던 일이 곧 시도가 된다는 데 대해 조급한 마음이 들면서도, 또 그와는 상반되게 조금이라도 더 천천히 목적지에 도달했으면 하는 반대의 마음이 생겨나기도 하였다.

목적지를 바라고 하는 여행이니 그곳에 도달해야 하는 것은 맞을 것이나 그녀나 그에게 있어 도달한다는 것은 곧 마지막이라는 의미와도 상통하는 것이기 때문이었다.

철대산이나 그녀, 소려에게 있어 그곳에서의 시도가 새로운 시작이 될 확률은 희박하였다.

그러니 목적지와의 거리가 가까워질수록 마음이 착잡해지는 것은 어쩔 수 없는 일이 아니겠는가.

그러나 그런 그녀에 비해 그는 너무나 태연하고도 편안해 보였다.

그 또한 이번 여행의 의미에 대해서는 잘 알고 있을 것임에도, 그녀가 곁에서 보는 철대산은 자신이 곧 맞닥뜨려야 할 상황과는 전혀 무관한 사람처럼 보였다.

마차의 벽면에는 일부러 그를 위해 낸 커다란 창이 있었는데, 맞바람을 온몸으로 맞으면서도 그는 창을 활짝 열어두라고 했다.

그리고는 스쳐 지나가는 바깥의 풍경에 하염없이 눈길을 두곤 했다.

입가에는 의미를 알 수 없는 미소까지 띠고 있는 그였지만, 가끔씩은 그런 그가 쓸쓸해 보인다고 느껴지는 것은 소려 자신의 감회 때문이었을까.

의식이 돌아오면서부터, 그리고 그가 더 이상 예전의 광무궁 소궁주 유천학이 아니라는 생각에 익숙해지면서부터, 그는 아주 특별하고도 특이한 사람으로 그녀에게 다가왔다.

그때부터 그는 점차로 변해가는 모습을 보이더니, 지금에 이르러서는 그녀로서도 도무지 종잡을 수 없는 사람이 되어버렸다.

그는 도무지 겁이 없는 사람 같았다.

이번의 이 시도를 위해서도 그렇지 않은가. 실패할 확률이 십 중 구이고, 그 실패의 의미가 바로 죽음이며, 성공이라는 것도 재생을 위한 겨우 한 가닥의 희박한 가능성에 불과하다는 것을 알면서도 그는 마치 쓰다가 필요없어진 물건을 버리듯이 그렇게 자신의 목숨을 걸어버렸다.

문득 언젠가 그와 나누었던 대화들이 바로 어제의 것처럼 선명하게 떠올랐다.

"좋아! 기왕이면 사내답게 추랑을 위해서 목숨을 건다고 하지 뭐. 훗! 누군가를 위해, 더구나 젊고 아름다운 여인을 위해 목숨을 걸 수 있다는 것은 얼마나 멋진 일인가? 그런데 말이야, 이 정도의 명분이면 그 미인의 진짜 이름 정도는 물어볼 권리가 있는 것이 아닐까?"

"호홋! 제가 아름답다고요? 이 괴물같은 얼굴이요? 호호호! 미인이라… 정말 오랜만에 들어보는 말이군요."

"허허허! 내가 아름답다고 하는 것은 추랑의 마음이야. 사람이란 것이 보통은 자신의 큰 이익을 위해서는 남의 입장쯤은 쉽게 무시하기가 쉬운 법이거든. 추랑처럼 자신의 비원(悲願)이 걸린 거래에서 상대의 입장까지 생각해 준다는 것은 결코 쉽지 않은 일이지. 그래서 아름답다는 거야. 내가 그래도 여자를 보는 데 있어 외양(外樣)보다는 마음의 미추(美醜)로 구분을 할 줄 아는 사람이거든?"

그러나 또한 그는 그녀가 지금까지 이십수 년간을 살아오면서 겪어 본 그 누구보다도 자신의 목숨에 대한 집착이 강한 사람이었다.

목숨쯤은 쉽게 버려도 좋다는 그 겁없음은 바로, 살기 위해 그가 할 수 있는 마지막 몸부림과도 같은 것이었다.

그는 바로 자신이 원하는 삶을, 그 스스로가 지배하는 삶을 열망하는 사람이었다.

그러기에 스스로의 의지대로가 아닌, 타의에 의해 살아지는 그런 피동적인 목숨에 대한 미련쯤은 쉽게 내던져 버릴 수 있는 그런 사람이었다.

남자!

그 낯선 단어에 대해 소려는 참으로 오랜만에 그 의미를 되새겨 보고 있었다.

철대산!

그로 인해 떠오른 단어였다.

여전히 자신의 힘으로는 손끝 하나 까딱하지 못하는, 남들이 병신이라 부르고 산송장이라 부르는 그는 언제부터인가 그녀가 느끼지 못하는 사이에 그녀의 마음속에서 남자로서의 강한 인상을 심어가고 있었다.

물론 그가 젊은 여자의 입장에서 바라보는 이성상(異性像)으로서의 남자가 아니라는 것은 분명했다.

또 그럴 수도 없었다. 그녀는 이미 오래전에 몸으로도 마음으로도 스스로 여자임을 포기한, 여자 아닌 여자였으니까.

그러나 그가 남자라고 느껴지는 것은 스스로의 삶에 대한 그 강렬한 집착과 지배욕 때문이었다.

그리고 그것이 바탕이 된 것이겠지만, 자신의 주위와 환경에 대해 묘하게 장악을 해 나가는 그 강력한 장악력 때문이었다.

그 장악력이라는 것은 의도적으로 발휘해 내는 어떤 위엄 같은 것과는 달랐고, 사람을 강제로 억압하는 것과도 다른 것이었다.

그의 주위에 오래 있다 보면 저절로 그에게 끌려들게 되는 그런 이상한 마력 같은 것이었다.

처음에는 뭐 이런 사람이 다 있나 싶게 그저 엉뚱하고 제멋대로인 사람 같기만 한데, 지나놓고 보면 어느새 그가 벌이는 그 엉뚱한 생각과 행동들에 함께하고 있는 자신을 발견하게 되는 그런 기묘한 이끌림 같은 것이었다.

단적으로 복립과 필보, 그리고 단거의 예가 그랬다.

그녀가 알고 있는 그들은 결코 쉽게 누구에게 마음으로 고개를 숙이거나 이끌려 다닐 인물들이 아니었다.

드러내지는 않았지만 나름대로 자부하는 과거가 있는 사람들이었고, 그 자부심에 결코 부족하지 않은 대단한 능력을 지닌 사람들이기도 했다.

그들이 그녀의 곁에 머물러 있고 또 공경을 담아 대해주는 것은 그녀의 과거 신분 때문이었고, 또한 그들이 고려의 유민으로서 기다리는 때와 사람이 있기 때문이었다.

이 광활한 중국 대륙에서 그들 스스로는 그 때와 사람을 알아내고 찾을 수 없기에, 그나마 신분상 그것들과 가장 밀접하게 관련이 되어 있다고 할 수 있는 그녀의 곁을 지키고 있는 것이었다.

그런 그들이 철대산이라는 전신 불수(全身不隨)에다 기묘한 성격과 개성(?)을 지닌 인물에게 장악을 당해가고 있었다.

그 장악은 한쪽에서 다른 한쪽에게 강요하는 그런 장악이 아니었다.

그저 그들끼리, 남자 대 남자끼리 서로 통하는 것이 있기에, 그래서 서서히 상대에게 물들어 버리는 그런 종류의 장악이었다.

그들 자신도 모르게 그의 정신과 개성에 이끌려 들어가고 있는 것이었다.

복립의 경우는 몰라도 필보나 단거는 아마 지금까지도 반은 장난 삼아 철대산이라는 인물을 대형으로 부르고, 또 재미 삼아 모시고 있을 것이었다.

그러나 그녀는 객관적인 위치에서 그들의 관계를 볼 수 있었다.

그들 스스로는 어떻게 여기고 있든 간에, 그들은 이미 철대산이라는 이 이상한 인물에게 마음으로부터 굴복당하기 시작했다는 것을.

또 한 사람의 객관적인 위치에 있는 존재, 손 학사도 그것을 느끼고 있는 듯했다.

그러기에 그는 처음부터 상당히 조심스럽고 우려 섞인 눈으로 그들 남자들 간에 벌어지는 기묘한 인간관계의 형성 과정을 지켜보고 있었을 것이다.

그러나 요즘에 들어서는 손 학사조차도 그런 그들의 관계를 어쩔 수 없는 것으로 치부해 버리는 듯하였다.

그것에는 아마 복립의 태도가 크게 작용했을 것이었다.

복립의 그릇이나 인물됨으로 보아 그 역시도 그녀나 손 학사가 느끼는 것을 느끼지 못할 리가 없었다.

그럼에도 불구하고 필보나 단거에게 아무런 주의나 충고를 하지 않고 방치(?)함은 물론이고, 오히려 그가 앞장서서(?) 일련의 그 이상한 '대형(大兄) 놀이'를 부추기고 또한 즐기고 있는 듯이 보이는 것이었다.

사실은 철대산의 끈질기고도 집요한 요구(?)에 의해 그녀 스스로도 그 이상한 놀이에 동참을 하고 있는 입장이기는 했다.

이미 그녀는 그에게 '오라버니'란 소리를 한 바가 있기도 했지만, 그 후로도 그는 수시로 기회있을 때마다 그렇게 불러주기를 요구(?)했다.

그러나 아무래도 그녀의 입장에서 다른 사람들이 보는 앞에서 그런 소리를 한다는 것은, 그녀 자신은 물론이고 그녀의 일행도 아마 견디기(?) 어려워할 노릇일 것이었다.

그래서 그녀가 선택한 방법이 바로 '대가(大哥) 놀이'였다.

여자인 그녀가 그를 대형이라고 부를 수는 없었으니, '대가'라고 불러주기로 한 것이다.

　둘이 있을 때나 다른 사람들과 함께 있을 때를 가리지 않고 그냥 익숙한 호칭을 부르듯이 그렇게 말이다.

　　　　　*　　　　*　　　　*

　광무궁의 중심부에 있는 창무전(昌武殿)의 내전에서 어떤 대화가 이루어지고 있었다.

　"그들은 어찌하고 있다던가?"

　온화하게 들리는 목소리가 물었다.

　"악양루에 들렀다고 합니다."

　대답하는 목소리는 단호하면서도 약간은 차가운 기운이 감도는 것이었다.

　"허허허! 악양루라……? 그렇겠지. 악양에서 자랐으면서도 정작 악양루를 보지 못했으니, 그 아이의 강호 첫걸음이 악양루가 되는 것도 당연하겠지."

　"사형(師兄)! 소제(小弟)는 왠지 찜찜합니다. 삭초제근(削草除根)이라 했는데……."

　"어허! 그 무슨 말을… 우리가 애초에 풀을 깎은 적이 없는데, 제거할 뿌리는 또 어디에 있다는 말인가?"

　온화하던 목소리에 사뭇 위엄이 실리고 있었다.

　상대의 사내가 미처 대답을 하지 못하고 있는 듯 처음의 목소리가 다시 온화한 어조로 되돌아가며 말을 이었다.

"이제는 관용을 보여야 할 때다."

"그런데… 그 아이의 주변에 있는 자들이 마음에 좀 걸립니다. 아무래도 뭔가 목적하는 바가 있는 자들인 것 같습니다."

"그건 또 무슨 소린가?"

"삼 년 전쯤, 비슷한 시기에 궁의 하인과 시비, 그리고 잡부로 들어온 자들인데 그동안 본신(本身)의 재주들을 숨기고 있었던 것 같습니다."

"음! 재주를 숨기고 있었다……? 그런데 자네는 그것을 어찌 알았는가?"

"그건……."

차가운 목소리의 주인이 다시 제대로 답을 하지 못하자 처음 목소리의 주인이 혀를 차며 달래듯 어르듯 말을 하였다.

"앞으로는 절대 경거망동(輕擧妄動)하지 말게. 자네가 비록 내 사제이고 또 그동안 한 배를 타온 동지의 관계이기는 하지만, 다시 한 번 자네 멋대로 일을 벌인다면 그때는 결코 용서하지 않을 것이네."

온화했던 그의 목소리는 더할 수 없이 냉랭해져 있었다.

그 목소리의 주인은 일반에 알려진 바와는 전혀 다른 면모를 지금 보이고 있는 중이었고, 그 차가운 면모라는 것은 이미 냉정한 성품이라고 알려진 상대편의 인물보다도 오히려 더욱 냉정하게 느껴지는 것이었다.

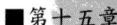

■第十五章

내가 당당할 수 있도록 해주게

그들 일행이 마침내 남창에 도착한 것은 길을 나선 지 오 일 만이었다.

남창에 도착하자마자 철대산의 일성(一聲)이 있었다.

"등왕각(藤王閣)으로 가자!"

이쯤에 이르러 그의 명령(?)은 거의 절대적인 위력을 발휘하고 있었다.

'오냐! 오냐!' 해주면 버릇없는 손자가 할아비의 수염까지 당긴다고, 그저 좋은 게 좋다고 혹은 불쌍해서(?) '예! 대형!', '예이!' 하고 하자는 대로 떠받들어 준 결과인지도 몰랐다.

그의 고집이나 주장이 늘 강한 것은 아니었지만, 일단 한 번 하고자 한 것은 꼭 관철시키려고 하였다.

그 고집을 받아주지 않으면 숫제 지랄(?) 같은 성질이 나오곤 했다.

손끝 하나 꼼짝하지 못하는 주제에 그가 무엇을 믿고 성질까지나 부릴 수 있을까만은, 그게 꼭 그렇지도 않은 것이 그 특유의 막가는 말로 사람을 아주 깔아뭉개는 것이었다.

그런데 비록 말이 어눌하다는 핑계(?)로 막 나가는 경향이 다분하긴 하였으나 그가 내세우는 명분이란 게 제법 그럴듯한 것이었다.

어쨌든 그는 일행의 주인인 데다가, 돈 가졌지, 게다가 시간이 갈수록 대형 노릇에는 또 왜 그렇게 집착이 더해가는지…….

어떨 때 보면 겉보기로는 오히려 한참이나 큰형뻘인 복립을 아주 막냇동생 대하듯 막 대하기도 하는 것이었다.

언젠가 손 노대가 경고(?)한 바도 있듯이, 필보나 단거의 경우에는 처음에는 그저 시늉으로만 그 더러운 꼬라지(?)를 대해주는 바도 없지 않았는데, 그게 어느 순간부터는 뒤집을 수 없는 대세가 되고 말았다.

어떨 때 도저히 눈꼴이 시어서 확 뒤집어 버리려 해도 이제는 그것이 쉽지 않아져 버렸다.

지금까지 말로나마 '대형! 대형!' 하던 처지인데, 일순간에 안면을 확 바꾸어서 '야! 임마! 더러워서 더는 이 짓 못해먹겠다' 뭐 이런 소리는 차마 못하게 된 것이다.

그런 걸 보면 필보나 단거도 그 나이 되도록 정말 순진 내지는 순박한 성품들을 고이고이 지켜오고 있는 착한(?) 인물들임에 틀림이 없었다.

물론 그것을 이미 꿰뚫어 보고 마음 내키는 대로 지랄 같은 성질을 제대로 부려대고 있는 철대산의 통밥(?)과 연륜(?)은 더욱 대단하다고 해야 할 것이겠지만······.

어쨌든 지난 며칠 동안에 철대산이 보인 언행(言行)이 대개는 별난 축에 속하는 것이었는데, 그중에서도 유별나게 집착을 보이는 것이 하나 있었다.

바로 조금이라도 유명하다는 유적지나 장소는 꼭 들르려고 하는 고집이었다.

"본래 여행을 다닐 때, 제일 먼저 해야 하는 게 증거 사진 박는 거거든."

"······?"

다른 사람들이야 사진이 뭐 하는 물건인지 알 리가 없었지만, 이미 그의 명령을 듣는 일은 그들에게 타성(惰性)처럼 되어 있는 터이니 따를 수밖에.

결국 그들은 원행(遠行)에 지친 피곤한 몸을 이끌고 등왕각으로 길을 잡았다.

당나라 때 세워졌다는 등왕각은 그 높이가 대략 육십여 미터나 되어 보이는 제법 높다란 누각이었다.

하긴 본래의 그는 63빌딩의 꼭대기에 올라 아래로 내려다보이는 개미 같은 사람들의 모습에 현기증을 느껴보기도 한 사람인데, 기껏 육십여 미터 높이의 건축물을 보고 감탄까지 할 이유는 없는 것이었다.

그러나 그가 이곳 남창까지 오는 동안 보아왔던 건축물 중에서는 그만한 높이가 드물었고, 또한 삼층짜리 누각의 층을 구분해 놓은 이중 처마의 푸른 기와, 그리고 붉은 기둥 등등은 제법 장엄함을 보여주는 것이었다.

　그가 나무 휠체어로 옮겨 타자 단거가 밀고, 또 때로는 번쩍 들어서 등왕각의 화려한 내부를 구경하게 되었다.

　외부에서는 삼층으로 보이더니 내부로 들어가자 칠층의 구조로 되어 있었다.

　내부에는 그들에 앞서 들어와 구경을 하고 있는 사람들이 드문드문 있었는데, 그들 일행이 들어서자 누각의 구경은 둘째로 되어버리고 오히려 그들 일행이 첫 번째의 구경거리로 되어버리는 듯했다.

　남녀노소가 두루 섞인 구성에다, 처음 보는 이상하게 생긴 굴러다니는 의자에다, 목 짧은 거인에다, 얼굴 푸른 여자에다, 전신을 꼼짝도 못하는 듯한데 두 눈에다가 잔뜩 힘을 준 채 사방을 두리번거리는 중중 장애인까지…….

　사실 그들 일행은 충분한 구경거리가 될 만한 요소들을 두루 갖추고 있기도 했다.

　하지만 정작 일행은 그런 사람들의 관심이 전혀 어색하거나 부담스럽지 않은 듯 천천히 각 층마다 돌면서 채색 그림으로 단청한 대들보를 유심히 보기도 하고, 손 노대는 또 무슨 천하의 문장이니 뭐니 하면서 알아듣지 못할 시구(詩句)를 중얼거리기도 하면서 아주 여유있는 관람객의 모습을 보이고 있었다.

　그들 일행이 칠층까지를 다 둘러보고 나서 다시 일층으로 내려왔는데, 문득 뒤쪽에서 묵직하면서도 중후한 목소리 하나가 들려왔다.

　"공자! 잠시만 멈춰주시오."

　일순 복립의 눈초리가 날카로워지며 필보와 위천이 일행 주위를 은근히 경계하는 위치로 벌려 섰다.

그들의 기세가 심상치 않아 철대산이 힘겹게 목을 틀어 뒤를 보니, 일단의 사내들이 이쪽을 향해 유심한 눈길을 보내고 있는 중이었다.

낯선 장소에서 역시 낯선 인물들에게 유별난 관심을 받는다는 것은 썩 기분이 좋지 않은 일이다. 더구나 상대가 건장하고 거칠어 보이는 사내들이라면 불안한 마음이 들 수밖에 없는 노릇이었다.

"무슨 일이야?"

나직이 묻는 철대산의 목소리에 복립이 뒤쪽의 사내들에게서 눈을 떼지 않으며 역시 나직한 목소리로 대답했다.

"우리가 처음 루에 들어섰을 때부터 지금까지 계속 우리의 뒤를 따르던 자들입니다."

"그래? 그럼 가서 물어봐, 왜 졸졸 따라다니는지."

그 엉뚱한 말에 순간적으로 긴장이 풀어지는지 복립의 입가에 피식 하고 웃음기가 스치고 지나갔다.

그리고 저쪽에서 이쪽의 긴장된 분위기를 지켜보고 있다가 마침 복립의 입가에 웃음기가 스치는 것을 기회로 삼기라도 하듯, 그 일단의 사내들이 일행을 향해 걸음을 옮겨왔다.

"이거 갑작스럽게 걸음을 멈추게 해서 미안하다는 말씀을 먼저 드려야겠소이다."

입가에 친근해 보이는 미소를 지으며 말을 건네는 사내는 머리와 수염이 희끗희끗하게 세어 아마도 육십은 넘게 보이는 노인이었다.

하지만 노인의 기골은 장대하다 할 만한 것이었고, 백발로 변해가는 반백의 머리나 수염과는 달리 허리가 꼿꼿하고 어깨에는 자못 강인해 보이는 완력이 스며 있어 보였다.

그의 뒤로는 제각기 탄탄한 체구들을 자랑하는 네 명의 장한이 노인에 대해 엄중 호위라도 하는 듯 간간이 날카로운 안광을 빛내며 일행과 주변을 살피고 있었다.

"노부는 항주에 사는 도곡상(都斛爽)이라는 늙은이요. 이 늙은이와 가까운 사람 중에 몇 년 전 불의의 사고로 척추를 다쳐서 하반신을 쓰지 못하는 이가 하나 있는데, 매일같이 집 안에서 누워만 지내는지라 몹시도 갑갑해하는 중이오. 마침 공자를 보니 오히려 더 중증의 몸으로 보이는데도 이처럼 명승지를 찾아 나들이하는 것을 보니 참 부럽다는 생각이 들었소이다."

자신을 도곡상이라 한 노인은 시종 부드러운 미소를 얼굴에서 떼지 않으며 차근차근 말을 하였고, 그가 다른 시비를 걸려 하는 것은 일단 아닌 것 같아서 일행은 조금 긴장을 풀어놓을 수 있었다.

문득 도곡상이 한 발짝 더 가까이 다가오며 철대산이 타고 있는 나무 휠체어를 가리켰다.

"이… 바퀴 달린 손수레와 같은 것 말이오."

그러나 도곡상은 말을 잇지 못했다.

그가 한 걸음을 막 옮긴 그 순간에 위천과 단거 두 사람이 은연중에 걸음을 옮겨 철대산의 양 옆을 지켜서는 형세를 취했는데, 그들에게서 무언지 알 수 없는 은근한 기세가 자신을 압박해 오는 듯한 기이한 느낌을 받게 되었던 것이다.

그가 약간은 의외라는 듯한 표정으로 그들 두 사람의 얼굴을 살피고 있는데, 손수레(?)에 앉아 있던 공자에게서 그를 더욱 얼떨떨하게 만드는 한마디가 나왔다.

"비켜!"

"……?"

돌발적인 망발(?)에 도곡상의 얼굴이 설핏 굳어졌고, 그의 뒤쪽에 조금 떨어져 서 있던 네 명 장한의 어깨에는 슬며시 힘이 들어가고 있었다.

그러나 그러한 기세가 긴장으로 화하기도 전에, 그리고 도곡상이 어떤 반응을 표현해 내기도 전에 위천과 단거 두 사람이 바로 다시 원래의 위치로 돌아갔고, 그들은 방금 철대산의 그 말이 누구에게 한 것인지를 자연적으로 알게 되었다.

그러나 여전히 당혹스러움은 남아 있었기에, 도곡상은 잠시 생각을 가다듬은 후에야 자신이 하려다 만 말을 계속할 수 있었다.

"흐흠! 이 물건은 몸을 움직이지 못하는 사람들이 바깥출입을 하는 데 아주 편리하도록 만들어진 것 같소이다. 공자가 허락을 해준다면 노부가 자세히 한번 살펴보았으면 하는데, 괜찮을지……?"

철대산이, 아니, 본래의 그가 나름대로는 사람 보는 안목이 있다고 스스로 자부를 하던 사람이기에, 지금 도곡상이라는 노인에게 다른 어떤 불순한 의도나 적의(敵意) 같은 것은 없다고 믿을 수 있었다.

그리고 비록 처음 보는 사이이고 귀찮은 부탁이기는 했으나 그의 말을 듣고 보니 또 부탁을 들어주지 않을 수 없는 마음이 되기도 하는 것이었다.

겨우 반년 남짓밖에 안 되는 시간이었지만, 막상 그가 전신 불수의 몸이 되어보니 그 답답함과 괴로움이 어떤 것인 줄 비로소 알게 된 때문이었다.

나무 휠체어를 보고 자신과 비슷한 지경에 처해 있는 친인(親人)을 생각하게 되었다는 노인의 부탁인데, 인정상 어떻게 거절을 하랴?

"단거!"

다시 느닷없는 짧은 말.

그를 처음 대하는 사람으로서는 그 완성되지 않은 문장에 무슨 뜻이 담겨 있는지 알 도리가 없었다.

그러나 그의 부름을 받은 단거는 그게 무슨 말인 줄 알아들었다는 듯이 별 망설이는 기색도 없이 성큼 다가와 번쩍, 그러나 조심스럽게 철대산을 안아 올렸다.

그리고 위천과 필보가 다시 슬며시 다가와 단거의 양 옆 자리를 점하고 서서 은연중 그를 보호하는 태세를 취하였다.

이번에는 두 번째라 그런지 도곡상으로서도 적응(?)이 좀 되는 모양이었다.

그가 빙그레 웃으며 고개를 돌려 눈짓으로 자신의 호위들을 뒤로 몇 걸음 더 물러나도록 하였다.

이어 도곡상은 한참 동안이나 나무 휠체어를 살펴보았는데, 요모조모 구석구석 세심하게 뜯어보는 모습이었다.

양쪽에 붙여놓은 큰 바퀴며, 비탈길에서도 저 홀로 굴러가는 것을 방지하도록 만들어놓은 잠금 장치며, 뒤쪽에서 사람이 쉽게 밀고 끌 수 있도록 고안된 손잡이 등등을 직접 만져 보고 또 간간이 톡톡거리며 두드려 보기도 하면서, 마치 머리 속에 그 구조를 각인이라도 시키려는 듯 보였다.

그렇게 한참이나 지나고 난 다음에, 도곡상이 몸을 바로 일으켜 세우며 철대산을 향해 가볍게 포권을 취했다.

"공자! 친절을 베풀어준 덕분에 진귀한 물건을 아주 잘 구경할 수 있었소. 만약 노부가 오늘 긴한 약속만 없었더라면 공자께 차라도 한 잔 대접해야 도리일 것이나 형편이 닿지 않아 이렇게 말로만 치사(致謝)를 드릴 수밖에 없음을 용서하시오. 혹시 후일 항주(杭州)에 오실 일이 있거든 꼭 노부를 한번 찾아주시오. 그리한다면 오늘 못한 감사를 그때 표하도록 하겠소이다."

철대산의 입가에 미미한 웃음이 생겨나며 아주 느릿하게 말을 내놓았다.

"항주라! 지상의 천당이라는 항주라! 허허허! 후일 내 발로 걸을 수 있다면, 그때는 꼭 한 번 가보고 싶은 곳이오."

"……?"

느릿한 어조에다 나이에 걸맞지 않게 허허거리는 웃음소리까지, 누가 듣기에도 철대산의 말투는 사뭇 건방지게 들리는 것이었다.

그러나 소려와 필보 등은 알고 있었다.

그가 지금 정말 오랜만에, 최대한 정확하게 문장을 갖추려고 상당한 애를 썼다는 것을.

남창에서 여산(廬山)까지가 지척지간이라고는 하나, 그들이 가고자 하는 산중(山中)까지를 치면 족히 이삼백 리 길은 되었다.

그러나 그 중간에 남창만한 성도(盛都)가 다시없기에, 그들은 남창에서 하루나 이틀을 묵으면서 여산으로 오르기 위한 최종의 준비를 갖추기로 하였다.

복립은 도심을 벗어난 변두리 쪽으로 방향을 잡으려 하였는데, 철대
산은 오히려 도심 중의 가장 번화한 곳으로 가자고 하였다.

남창이 강서(江西)의 성도(省都)이니 이번만큼은 이곳에서 제일 좋은
숙소에서 가장 좋은 음식을 즐겨야 되겠다는 것이었다.

사실 그들 일행이 남창까지 오는 동안에는 제대로 된 번듯한 객잔이
나 주루를 이용하지 못하였고, 주로 변두리의 허름한 업소들에서 먹고
자는 것을 해결해 왔었다. 결코 돈을 아끼려는 이유에서가 아니라, 바
로 철대산과 소려 때문이었다.

전신 마비의 장애인에다가 푸른 얼굴의 추녀까지 섞인 일행은 어느
곳에서나 환영받지 못하는 손님이었고, 그나마 한 푼이 아쉬운 변두리
의 삼류 업소에서나 그들을 받아주었던 것이다.

그러나 철대산이 말을 꺼낸 이상 일단은 그의 말을 따르기로 했다.

일행이 이미 철대산이라는 존재의 결코 예사롭지(?) 않은 성질에 익
숙해져 있기 때문이기도 했지만, 이곳에서의 숙박이 사실상 이번 여행
에서의 마지막 호사(豪奢)가 될 것이기 때문이었다.

더구나 철대산의 입장에서 보면 이번 여행에서뿐만이 아니라 어쩌
면 영원한 마지막이 될지도 모를 일이고 말이다.

어쨌든 돈은 아직도 넘치도록 남아 있었고, 그래도 한 성(省)의 성도
이니만큼 정말로 최고급 객잔을 찾아간다면 다른 사람들과 접촉하는
번거로움을 피할 수 있는 별채 같은 곳을 빌릴 수도 있을 것이었다.

무작정 도심으로 방향을 잡은 그들은 그리 어렵지 않게 원했던 수준
의 장소를 찾을 수 있었다.

강남제일루(江南第一樓)라는 거창한 이름의 그곳은 실제로도 남창에서는 누구나 첫 손가락을 꼽아주는 곳이었는데, 객잔과 주루를 같이 운영하는 제법 규모있는 업소였다.

염려했던 것과는 달리 그들은 어렵지 않게 방을 구할 수 있었다.

물론 꽤나 비싸게 돈을 지불해야 했지만, 어쨌든 객잔의 한쪽에 따로 나지막한 담장으로 구분된 별채에다 방 세 개를 구해 짐을 풀 수 있었다.

덕분에 마차를 별채의 마당에다 세워놓을 수 있어서 한결 신경을 덜 써도 되었다.

겉보기에 그리 화려해 보이지 않는 마차였지만, 그 안에는 제법 귀중한 것들이 많이 들어 있어서 바깥에다 아무렇게나 세워두기에는 마음이 놓이지 않았던 터이다.

짐을 풀고 대강 씻고 난 다음 그들은 주루로 나가 저녁 식사를 하기로 했다.

저녁만 먹을 것이면 식사를 숙소로 가져다 달라 해도 충분하였을 것인데, 역시 굳이 주루로 나가기를 고집하는 철대산으로 인해 그렇게 된 것이었다.

그리고 철대산이 저녁 식사보다는 사람들 속에서 마시는 한 잔의 술을 더욱 원하고 있다는 것을 알았기에 일행은 굳이 반대하지 않고 그의 말을 따랐다.

사실 남창까지 오는 동안 철대산은 대단한 애주가로 변해 있었다.

이미 그는 이전까지 친하무적의 주당(酒黨)으로 행세하고 있던 단거의 코를 아주 무작스럽게 꺾어버리는 불가사의한 주량을 보여줌으로

써, 주당계(酒黨界)에 새로이 출현한 신성(新星)으로서의 면모를 여실히 과시한 바도 있었다.

스스로는 술잔을 들 수 없어 옆에서 소려가 먹여주어야 하는 처지이면서도, 우연찮게 벌이게 된 단거와의 술 대결에서 단거를 완전히 뻗게 만든 후 소변을 참지 못해 자리를 파할 때까지도 전혀 취한 모습을 보이지 않을 정도로 그의 주량은 끝을 보지 못했었다.

사실은 본래의 그 역시도 기연으로 내공을 얻고 난 다음부터는 웬만큼 독한 양주 정도는 앉은 자리에서 병째로 마셔도 취기를 느끼지 못할 정도의 특이 체질로 변한 바 있었고, 그 이전부터도 술을 즐길 줄은 알던 사람이었다.

게다가 골초 소리를 들을 정도로 담배까지 즐기던 그는, 그렇지 않아도 시시때때로 한 모금의 담배와 한 잔의 술 생각이 간절하던 터였다.

그러나 그동안에는 입 안에서 타는 소리를 낼 정도의 맹독과 조금씩의 음식물 정도만을 섭취해 오던 중이었는데, 이번 여행길에서 술맛을 보게 되었으니 어찌 그 맛에 빠져들지 않을 수 있었겠는가.

특히나 그가 예전에 즐겨 마셨던 위스키류보다 훨씬 더 도수가 나가는 독주(毒酒)를 삼켰을 때, 비록 맹독을 삼켰을 때와는 비교할 정도가 못 되었지만 그래도 독의 투입을 그만두고 난 뒤 꽤 오랜만에 자극을 느껴볼 수가 있었던 것이다.

이후로 그는 틈만 나면 핑계를 잡아 술 마실 건수를 잡으려 하게 되었다.

마침 별채에서 주루로 통하는 별도의 뒷문이 있었기에 일행은 철대산의 나무 휠체어를 앞세우고 주루로 들어섰다.

그런데 주루의 분위기가 좀 이상하였다.

주루의 내부에는 기물들의 배치를 임시로 변경시켜 놓은 듯 한가운데로 커다란 탁자 하나를 놓아두고 두 사람이 마주 앉아 있었고, 그 주변으로는 거리를 두고서 꽤 많은 사람들이 둘러서 있었다.

마침 문 가까이에 지켜서 있던 청의 경장 차림의 젊은 사내 하나가 그들을 발견하고 급히 다가왔다.

"웬 놈들이냐?"

제일 앞선 사람이 철대산이니 졸지에 그는 정면으로 웬 놈 소리를 듣게 되었다.

"나……? 술 마시러 온 놈인데… 그러는 너는 웬 사람이냐?"

일부러 그러는 것인지, 아니면 갑작스러운 상황이라 구사할 문장이 제대로 떠오르지 않는 것인지, 그의 입에서는 그 같은 이상한 말이 나왔다.

그러나 그 말속에는 그의 불편한 심기도 어느 정도는 담겨 있다는 것을 일행은 짐작할 수 있었다.

요즘 들어 그의 중국 말은 나름대로의 경지(?)를 이루어서, 기분 상태에 따라서 그 완성도(?)가 확연히 달라지곤 하였다.

어떤 일이 마음에 들지 않거나 기분이라도 좀 상하게 되면 그만의 독특한 성질이 발동하게 되는데, 단거의 표현대로라면 '지랄 같은' 성질이었다.

그리고 그런 성질이 발동하게 되었을 때 그의 말투는 소위 형편무인지경의 경지를 발휘하게 되는 것이었다.

당장에 상대 사내의 얼굴이 시뻘겋게 달아오르는 것을 보고, 복립이 아차 하는 기색이 되어 얼른 앞으로 나섰다.

"아아! 오해하지 마시오. 보시다시피 우리 공자님께서 몸이 성치 않으신 분이라, 말씀이 정상적이지를 못합니다."

일단 그렇게 급한 어조로 상대의 혈압 상승을 겨우 멈춰놓고서, 복립이 조금은 차분한 어조로 다시 말을 이었다.

"우리는 별채에 숙소를 정한 사람들인데, 저녁 식사를 하기 위해 나오는 중입니다. 그런데 혹시 이곳에 무슨 일이라도 있는지요?"

그러자 청의 사내가 버럭 하고 소리를 질렀다.

"보면 모르나? 여기는 지금 잡인들의 출입이 통제되고 있으니 긴말 할 것 없이 다치기 싫으면 빨리 되돌아 나가라."

사내가 말과 함께 철대산이 탄 나무 휠체어를 밀어낼 요량인지 다짜고짜 손을 뻗었다.

그 기세가 자못 거친 것이었다. 순간 단거가 앞으로 돌아 나오며 사내의 손목을 틀어잡았다.

"거, 말로 합시다. 우리 공자님의 몸이 불편하다지 않았소?"

사내가 인상을 확 구기며 단거의 손을 뿌리치려 했으나 그 정도에 꼼짝이나 할 단거의 힘이 아니었다.

"이놈이……?"

순간적으로 사내의 남은 한 손이 단거의 턱을 향해 뻗어갔다.

그와 동시에,

"멈춰!"

복립의 입에서 다급한 목소리가 튀어나왔고, 바로 뒤이어 두 가지

소리가 돌발적으로 생겨나고 있었다.

우두둑!

"악!"

뼈마디 꺾이는 소리와 함께 사내의 입에서 터져 나온 단말마의 비명 소리였다.

단거가 반사적으로 사내의 손목을 그대로 꺾어버린 것이었다.

"이런……!"

뒤미처 복립의 입에서 탄식 소리가 새어 나왔으나 이미 그가 우려했던 상황은 벌어질 대로 다 벌어지고 난 다음이었다.

"제길! 필보!"

복립의 말이 빠르고 단호하게 변했고, 필보가 곧바로 앞으로 나서며 단거와 나란히 섰다.

"위천! 공자님을 모시게!"

이어지는 복립의 말에 위천이 나무 휠체어의 손잡이를 잡았다.

평소의 위천이었다면 결코 지금과 같이 명령조로 하는 복립의 말에는 꿈쩍도 하지 않았을 것이나 그 역시도 상황을 파악한 듯 조금의 머뭇거림도 없었다.

"가만."

그의 입에서 나직하게 새어 나온 그 짧은 한마디가 마치 무슨 절대의 명령이라도 되는 양 위천은 바로 그 자리에 우뚝 서버렸다.

"뭐야? 위천! 빨리 물러나라고 했지 않나?"

약간의 다급한 기색이 깔린 목소리로 복립이 다시 재촉했으나 일단 주인의 명을 받은 위천은 이제 복립의 말 따위는 들리지도 않는다는 듯 그저 우뚝 서 있기만 했다.

그리고 그의 휠체어가 멈추어 서자 한 걸음 먼저 몸을 빼고 있던 손노대와 소려마저도 걸음을 멈추고 말았다.

그때 주루의 안쪽에서도 이쪽의 상황을 알아챈 듯 대여섯 명의 사내가 빠른 걸음으로 다가오고 있었다.

"뭐야? 무슨 일이야?"

"웬 놈들이냐?"

결국 복립이 철대산에게로 다가왔다.

"공자님!"

다급함과 함께 약간의 역정까지 담겨 있는 목소리였다.

그러나 곧 그의 표정이 묘하게 변했다.

그의 눈을 빤히 마주 바라보고 있는 철대산의 얼굴에 지금 상황과 도저히 어울리지 않는 묘한 웃음이 떠오르고 있었기 때문이다.

순간 복립은 연달아 제기랄 소리를 내뱉고 말았다. 아니, 가슴속에서 일어난 그 투덜거림은 채 목의 울대도 벗어나지 못했기에 그의 내심에서만 울리고 마는 소리에 불과했다.

'제기랄! 제기랄! 제기랄······.'

이 급박한 상황에서 복립은 그만 또다시 어처구니없는 자가당착(自家撞着)에 빠져 버리고 만 것이었다.

머리 속으로는 그의 눈빛에서 얼른 눈을 돌려 버려야 한다고 생각하면서도, 막상 두 눈은 꼼짝도 하지 못하고 그의 눈빛에 얽혀들어 있었다.

지난번 그에게 어처구니없이 '대형' 소리를 해버리고 말았을 때도 바로 지금과 같은 묘한 상황이었다.

그의 눈빛이 지금과 같이 저런 이상한 빛을 발하고 그의 얼굴에 저런 기묘한 미소가 맺힐 때면, 그것은 꼭 무슨 강호의 전설 속에서나 나오는 섭혼술(攝魂術)이 시전되는 것만 같았다.

이럴 때면 정말 어처구니없게도 자신은 그만 그에게 빠져들고 마는 것이었다. 그가 하는 말과 행동이 아무리 터무니없고 엉뚱하다고 하더라도 말이다.

그것은 논리적이고 이성적인 판단으로는 도저히 있을 수 없는 일이었기에, 섭혼술이나 사술(邪術)이라고 치부하는 수밖에는 다른 도리가 없었다.

또 하나, 그것이 섭혼술이 맞는 것이라면 그 섭혼술은 더욱이나 이상하게도 유독 자신에게만 강하게 효력을 발휘하는 섭혼술 같았다.

지난번에도 그가 대형이라고 부르라며 섭혼술(?)을 펼쳐 내었을 때 꼼짝도 못하고 당해 버린 것은 유독 자신 혼자였다.

필보나 단거는 그저 피식거리며 장난으로만 여기는 기색이었는데도, 유독 그만은 그 사술을 당해내지 못하고 덜커덕 하고 걸려 버린 것이었다.

사실 복립은 자신이 이런 기묘한 모순에 빠져들 수밖에 없는 내막을 아주 모르지는 않았다.

그러나 알면서도 벗어날 수가 없으니 더욱 미칠 지경이 되는 것이었다.

스스로도 자부하듯이 그는 천재에 속하는 사람이었다.

주어진 여건에 대해 누구보다도 폭 넓게 이해를 할 수 있었고, 또 빠르게 상황을 판단할 수 있었고, 그것을 바탕으로 가까운 미래에 벌어질 일을 예측할 수 있었다.

천하에는 천재 소리를 듣는 사람이 무수히 많다고 하지만, 적어도 지금까지 그가 만나본 사람 중에서는 자신의 그런 재능을 능가하는 사람을 본 적이 없었다.

그러나 그가 스스로 천재임을 자부하는 만큼 인간이라는 존재가 가지는 한계에 대해서도 너무나 잘 알고 있었다.

그가 뛰어난 이해력과 상황 판단력과 또 예측 능력을 가지고 있다 하더라도, 인간인 이상 결국은 바로 한 치 앞에서 일어날 일도 절대적으로는 예측할 수 없는 것이다. 그래서 진인사대천명이라는 말도 있지를 않은가?

진인사대천명(盡人事待天命)!

사람으로서 할 바를 다 해놓고 하늘의 명을 기다린다? 한마디로 개뿔인 소리였다.

그가 생각하건대, 그 말이야말로 역사가 생겨난 이래로 소위 천재라고 이름 붙여진 교활한 작자들이 자신들이 범하는 실수에 대해 그 불가피성을 변명하기 위해 만들어낸 유치한 말장난에 지나지 않는 것이었다. 자신들이 미약한 인간에 불과하다는 것을 스스로 적나라하게 시인하는 소리에 지나지 않는 것이었다.

그러기에 그는 영감(靈感)을 믿었다.

흔히 말하기를 천재는 자신의 머리를 믿고, 범재나 둔재는 영감이나 계시를 믿는다고 하였다.

그러나 알고 보면 천재라는 존재들만큼 영감이나 계시에 집착하는 인간도 또 없을 것이다. 다만 그들 양자 간에는 영감에 의존하는 빈도에서 그만큼 차이가 나는 것이겠지만.

스스로 천재라고 자부하는 그에게도 어쩌다 한 번씩은 영감이라는 것이 떠오른다.

물론 대개는 그의 머리 속에 단단하게 구축되어 있는 지극히 논리적인 사고 체계가 그 영감의 부당함을 파헤쳐, 결국은 스쳐 가는 잡생각으로 치부해 버리고 말기는 하지만.

그러나 문제는 바로 지금과 같은 경우였다.

말도 되지 않는 상황이라는 것이 너무도 명백한데, 도저히 논리적으로 그 부당함을 다 파헤칠 수 없는 경우다.

하나를 부정하면 자꾸만 어떤 새로운 가능성에다 기대까지 켜켜이 겹쳐 일어나는 바람에, 마침내는 그 영감의 마력에 지배당해 버리는 지랄 같은 경우였다.

철대산에게서는 중원의 말이 아닌 고려 말이 흘러나오고 있었다.

"이봐! 복립! 꼭 이렇게 해야 하나?"

"예?"

"꼭 이렇게 구차스러워져야 하는 것이냐고?"

"……?"

"나는 말이야!"

"……?"

"어쩌면 며칠 후에는 더 이상 존재하지 않게 될지도 모르는 처지야. 그때까지 다만 촌각의 시간 동안이라도 구차스러워지고 싶지는 않아."

복립의 얼굴은 철대산의 말을 어이없어하는 표정이 역력하면서도, 한편으로는 홀리기라도 한 듯이 멍한 기색을 벗어버리지 못하고 있었다.

그가 겨우 쥐어짜 내듯이 목소리를 내었다.

"공자님은 지금 제가 어떻게 하기를 바라시는 겁니까?"

상대적으로 철대산의 목소리는 거침이 없었다. 그 목소리가 갖는 의미 역시도.

"대형이라고 해."

복립은 이마가 잔뜩 찌푸려졌으나 어쩔 수 없다는 듯 대답을 하고 말았다.

"예! 대형!"

지금 그들 두 사람은 바로 지근(至近)에서 벌어지고 있는 소동에는 전혀 신경이 쓰이지 않는다는 표정들이었다.

그리고 어느새 가까이 다가와 그런 두 사람을 지켜보던 손 노대와 소려, 그리고 위천의 얼굴로도 다급함보다는 묘한 호기심들이 떠올라 있었다.

철대산이라는 인물이야 이미 정상적이지 않은 사람이라고 낙인이 찍힌 인물이니 지금 역시도 괜한 객기를 부리고 있다 쳐도 될 것이었다.

그러나 평범해 보이는 외양과는 달리 누구보다도 심기가 깊고 냉철한 판단력을 지닌 복립이 마치 철대산이라는 인물의 그 엉뚱하고도 비정상적인 증상에 감염이라도 된 것 같은 태도를 보이고 있다는 점이 이상함을 넘어 강한 호기심으로 변진 것이었다.

"비록 꼼짝도 하지 못하는 신세지만, 나도 아주 생각이 없거나 무모하기만 한 사람은 아니야."

"……?"

"한때는 자네 못지않게 뛰어난 인물들을 거느려 본 적이 있는 사람이야. 다른 건 몰라도 사람 보는 눈은 좀 있는 편이지. 어떻게 하기를 바라느냐고 물었나? 이렇게 하자구."

"……?"

"만약 내가 사람을 잘못 본 거라면, 우리는 차라리 지금이라도 허리를 숙여 사람을 상하게 한 데 대해 용서를 구하는 게 백번 나아. 그러지 않고 여기서 도망을 친다고 해도 나같이 거추장스러운 물건을 데리고서야 어디까지 갈 수 있을 것 같은가? 허허! 설마 이만한 일에 사람을 죽이기야 하겠어? 그리고 돈을 좀 넉넉하게 쓰면 크게 경칠 일은 아마 없을 거야. 그러나 말이야……?"

"……?"

"내가 자네들을 바로 본 거라면 말이야, 그리고 기왕에 자네들이 날 대형이라고 불렀으면 말이야……!"

철대산이 잠시 말을 멈추고 다시 빙그레 웃어 보였다. 그리고 또렷한 어조로 말했다.

"내가 당당할 수 있도록 해주게."

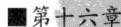

■第十六章

그의 손목은 그가 책임지는 거야

그
의
손
목
은 그
가
책
임
지
는
거
야

　복립이 철대산의 섭혼술(?)에 빠져 허우적대고 있는 사이에 그들의
바로 앞쪽에서는 이미 한참 전부터 한바탕의 박투(搏鬪)가 벌어지고 있
는 중이었다.

　사실 그것은 박투랄 것도 없었다.

　단거가 일방적으로 혼자 설치고 있는 것이었으니까.

　단거의 손에는 어디에서 주워 든 것인지 제법 기다란 의자 하나가
들려 있었고, 간간이 휘둘러지는 그 의자의 기세가 얼마나 무작스러웠
던지 주변의 사내들은 감히 가까이 다가올 엄두를 내지 못하고 고함들
만 질러대고 있었다.

　무슨 생각을 하는 것인지 한동안이나 시선을 바닥으로 향하고 있던

복립의 고개가 들려졌다.

그리고 그의 입에서 마치 홀린(?) 듯한 말이 흘러나왔다.

"예! 대형께서 원하신다면 그렇게 하겠습니다."

그의 목소리는 명쾌하지 않았고, 꼭 무엇을 억지로 포기당한 사람 같았다.

허리를 펴고, 주루의 안쪽에서부터 전체적으로 주변 상황을 일별한 복립이 위천을 돌아보며 말했다.

"위천! 자네가 뒤를 좀 맡아주게."

위천이 그의 말을 듣고도 움직이지 않자 철대산이 나직이 명했다.

"이봐! 오늘만큼은 그의 말을 들어."

그 말이 떨어지자마자 위천은 즉시 허리를 숙여 보이고 일행의 뒤쪽으로 가서 우뚝 서는 것이었다.

그 모습을 지켜보고 있던 복립이 몸을 돌려 필보와 단거가 있는 앞쪽으로 걸어나갔다.

"멈춰라!"

밀고 밀리는 양측의 실랑이 속에서도 복립의 목소리는 짜랑하고 울리는 바가 있었다.

마침 단거가 한 걸음을 앞으로 크게 나가며 들고 있던 긴 의자를 한 번 휘두르는 바람에, 사내들이 우르르 물러나면서 싸움이 잠시 멈추었다.

"우리는 식사를 하러 온 사람들이다. 그런데 자세한 이유를 설명하지도 않고 다짜고짜 내치려 하다니 이 무슨 무도한 행패인가? 너희들은 도대체 무엇 하는 작자들이며 우두머리가 누구냐?"

복립이 제법 거창하게 시작을 할 것 같더니, 겨우 한다는 소리는 조근조근 사리를 따지는 것이었다.

그 모습이 싸움판에서 난데없이 공맹(孔孟)을 읊는 소리와 크게 다를 바가 없었기에 일시간 양측이 모두 얼떨떨해하였다.

그러나 이내 몇 마디 원색의 욕설이 터져 나오며 장내는 다시 소란스러워져 버렸다.

단거가 잠시 내려놓았던 의자를 들어 올려 다시 한바탕 휘두르려 할 때 문득 주루 안쪽에서 우렁찬 한마디의 호통이 터져 나왔다.

"웬 소란들이냐? 귀한 손님을 모시는 자리이거늘."

그 고함은 상당한 위엄을 발휘해서 복립 등은 몰라도 상대의 사내들이 모두 다 움찔하며 한순간에 조용해져 버렸다.

주루의 한가운데에 놓여진 커다란 탁자에 앉아 있던 두 사람 중 이쪽을 정면으로 하고 있던 사내가 자리에서 몸을 일으키고 있었다.

앉아 있을 때 언뜻 보았던 모습에서는 잘 모르겠더니, 막상 그가 몸을 일으키자 마치 웅크리고 있던 곰 한 마리가 몸을 일으켜 세우는 듯한 느낌이 들 정도로 제법 거창한 체구를 지닌 인물이었다.

철대산이 보기에 백팔십 센티미터는 넘어 보이는 키에다, 단거에 비길 바는 못 되었지만 보통의 사람에 비해서는 대단하달 수 있는 몸의 굵기(?)를 지닌 사십대 후반쯤의 사내였다. 사내의 얼굴 전체적으로 마치 밤송이와도 같이 돋은 짧은 수염이 인상적이었다.

"네놈들은 누구냐?"

그가 저쪽에서 묻는 소리가 우렁거리며 장내를 울렸다.

"우리는 별채의 객(客)이오."

복립이 흔들림없이 차분히 대답하자 사내의 얼굴에 잠시 흥미롭다는 이채가 서렸다.

그가 마주 앉아 있는 사람에게 조금 목소리를 낮추어 말했다.

"도(都) 대인(大人)! 다른 이의가 없으시다면 우리들의 얘기는 대충 그렇게 결론을 맺어도 될 것 같습니다만……."

목소리를 낮추었다고는 해도 타고난 목소리가 그런 듯 여전히 우렁거리는 목소리였다.

이쪽을 향해 뒷모습을 보이고 있는 사람은 머리가 희끗희끗한 반백이었는데, 그는 지금 밤송이 수염의 중년 대한의 말에 대해 썩 만족스럽지는 않은 듯 잠시 시간을 두었다가 고개를 끄덕였다.

"하하하핫! 그럼 골치 아픈 얘기는 이걸로 끝내기로 하겠습니다. 이제 마땅히 소제(小弟)가 술과 고기를 내어 후배로서의 도리를 다해야 할 것인데, 마침 저쪽에 조그만 문제가 생긴 것 같으니 잠시 처리를 한 다음에 그리하도록 하겠습니다."

그 말에 반백의 사내가 고개를 돌려 복립 등이 있는 쪽을 바라보았는데, 순간 사내는 물론 복립 등도 다 함께 뜻밖이라는 표정이 되었다.

그는 바로 도곡상(都斛爽)이었다.

남창에 도착해서 등왕각을 구경할 때 철대산이 타고 있던 나무 휠체어에 깊은 관심을 보였던 바로 그 노인이었던 것이다.

"아니, 공자는……!"

도곡상과 철대산 일행이 서로 아는 척을 하자 장내의 분위기는 다시 묘한 국면으로 접어들었다.

"원래 저들이 도 대인과 아는 사이였습니까?"

밤송이 수염 사내의 얼굴 표정이 묘하게 변해가는 것을 보고 도곡상의 얼굴로 잠시 난처한 기색이 흘렀다.

그러나 그는 곧 가볍게 웃으며 대답했다.

"허허! 만난 지 얼마 안 되었으나 어쨌든 인연을 맺은 사이이니 아는 사이임에는 틀림이 없소이다."

그리고 그가 철대산 쪽을 한번 힐끗 돌아보고 나서 말을 이었다.

"여(呂) 당주(黨主)! 아마도 저들에게 어떤 사정이 있어 귀측과 사소하게 시비가 벌어진 듯한데, 우선은 사정을 살펴보아야겠지만 그다지 큰일이 아니라면 노부의 얼굴을 보아 너그럽게 보아 넘겨주시기를 미리 부탁드리겠소."

그때 다툼이 있던 곳으로 가서 사정을 알아보고 온 사십대의 백의(白衣) 사내가 여 당주라는 사내에게 보고를 했다.

"당주님! 저자들이 무단으로 출입하려는 것을 제지하던 과정에서, 소삼(小三)이 저들에게 당해 손목의 뼈가 골절(骨折)이 되었습니다."

당장에 여 당주의 얼굴이 싸늘하게 굳어졌다.

도곡상의 표정으로도 곤혹스러움이 비쳐 나는데, 백의 사내가 다소 차가운 목소리로 말을 뱉어내었다.

"도 대인! 저들이 비록 대인과 안면이 있는 사이라 하더라도, 일이 이렇게 된 이상 그냥 넘어가기는 어렵게 되었습니다. 대인께서는 이 점 양해를 좀 해주셔야겠습니다."

그 말에 도곡상의 눈꼬리가 살풋 위로 올라가는데, 마침 그의 뒤쪽에 있던 네 명의 장한 중 왼쪽 끝에 있던 자가 묵직한 목소리로 말을 받았다.

"진종(陳宗)! 그 말은 당신이 감히 할 수 있는 말이 아닌 것 같소."

백의 사내에게 도곡상에 대해 무례를 범하지 말라는 경고의 의미였다.

백의 사내의 안색이 차갑게 변해갈 때 도곡상이 진중한 목소리로 방금 말을 한 장한을 나무랐다.

"연강(延剛)! 자네야말로 함부로 나설 자리가 아니다. 진 형(陳兄)은 죽전당(竹錢黨)의 지낭(智囊)이니, 그로서는 당연히 할 수 있는 말이다."

도곡상이 그렇게까지 말을 하자 은근히 돌아가는 판세를 지켜보고 있던 여 당주가 마지못한 듯 나섰다.

"진종! 자네도 더 이상 도 대인께 무례를 범해서는 안 되네."

"명심하겠습니다, 당주님!"

그렇게 한 차례 위엄을 세우고 난 뒤에 여 당주는 손바닥을 턱으로 가져가 그 밤송이 수염을 쓱쓱 문지르며 뭔가를 생각하는 표정으로 되었다.

잠시 후 여 당주가 짐짓 털털한 웃음소리를 내며 말했다.

"하하하! 좋습니다. 도 대인과 안면이 있는 사이들이라고 하니, 소제가 어찌 아주 모른 척이야 할 수 있겠습니까? 하지만 이미 수하의 사람이 몸을 상했으니 소제의 입장에서도 그냥 넘기기는 힘들게 된 일. 일단은 대인의 말씀대로 저들을 불러 자초지종을 들어본 연후에 어떻게 조치를 할 것인지 결정하도록 하지요."

이어 그는 도곡상의 반응을 보지도 않고 저쪽을 향해 소리쳤다.

"어이! 그자들을 이쪽으로 데리고 와라."

도곡상의 얼굴이 미미하게 찌푸려졌으나 일단은 두고 보자는 생각으로 묵묵히 지켜보기만 하였다.

　그때 뒤에서 연강이라 불렸던 장한이 슬쩍 고개를 숙여 그의 귓가에다 나직이 속삭였다.

　"회주(會主)님! 너무 깊숙이 관여하시면 좋지 않습니다."

　그에 대해 도곡상은 가볍게 고개를 끄덕였을 뿐 다른 말은 하지 않았다.

　다만 그의 얼굴이 좀 더 굳어졌고, 그에 따라 뒤에 선 네 장한의 얼굴도 점차 굳어져 가고 있었다.

　철대산의 일행은 사뭇 살벌한 분위기 속에서 주루 가운데의 탁자 쪽으로 옮겨가게 되었다.

　"허허! 공자! 또 보게 되었소이다?"

　철대산을 보고 도곡상이 다소 어색한 표정이 되어 인사를 건넸다.

　그에 대해 철대산은 다만 엷은 웃음을 지어 보이는 것으로 인사를 대신하였다. 그리고 복립이 그런 틈을 타 도곡상의 뒤쪽에 있던 연강에게 슬쩍 다가가 낮은 목소리로 물었다.

　"이 사람들이 대체 어느 방면의 사람들이오?"

　연강이 이마를 찡그려 사뭇 어이없다는 표정을 만들어내며 낮게 말을 흘렸다.

　"그럼, 당신들은 지금 상대가 누군지도 모르고 일을 벌였다는 말이요? 허허! 저들이 바로 이곳 남창을 지배하고 있는 죽전당(竹錢黨)이고, 당신 눈앞에 있는 사람이 그 당주인 여량(呂諒), 여 당주요."

상황이 계속 이상하게 꼬여가자 제일 당혹스러운 것은 처음에 일을 확대시켜 놓았던(?) 단거였다.

일행이 여행을 하는 중에 남의 눈에 띄지 않으려고 늘 조심을 한 바 있었는데, 목적지인 여산 근처에 다 와서 자신이 잠깐 손을 잘못 놀리는 바람에 일을 만들고 만 꼴이 아닌가?

물론 그는 철대산과 복립 사이에 있었던 대화를 듣지 못했다.

그러니 이 사건의 처음 단초는 그가 제공했을망정 일을 이 지경으로까지 부풀린 것에는 다분히 의도적인(?) 그의 도발이 있었다는 것을 알지 못했다.

하지만 어쨌거나 일은 기왕에 벌어져 있었다.

이래저래 속으로 부아가 치민 단거가 나무 휠체어의 손잡이를 위천에게 맡겨놓고 앞으로 한 걸음을 나서며 사뭇 도전적으로 팔짱을 끼고 우뚝 섰다.

퉁방울과도 같은 두 눈을 부릅뜨고 자신을 쏘아보는 단거의 눈빛을 맞받으며 여량의 입가로는 자못 흥미롭다는 미소가 피어올랐다.

도곡상의 표정은 이제 아주 표시가 날 정도로 곤혹스럽게 변해 있었다.

'이 사람들이 도대체 무슨 생각으로 일을 자꾸만 키우고 있는가?'

앞뒤 분간 못하고 기껏 제 용력만을 믿고 뻗대보려는 하인 놈(?)도 그렇지만, 그걸 보고도 어떻게 말리려 하기는커녕 마치 남의 일이라도 되는 양 빤히 바라만 보고 있는 주인이나 다른 일행도 도무지 이해가 되지를 않았다.

하는 짓들을 보고 있자니, 그들은 아무래도 돌아가는 상황을 몰라도 너무 모르는 것 같았다.

돈푼깨나 있는 집안의 자제로 장애의 울분이나 달래보라고 집에서 넉넉한 경비와 함께 힘깨나 쓰는 하인들을 붙여 세상 유람을 내보낸 것이리라.

얼굴이 추하긴 하지만 시비까지 거느리고, 또 집사로 보이는 할아범까지 거느린 것을 보면 자신의 짐작은 거의 틀리지 않을 것이었다.

불뚝거리며 앞으로 나서 있는 덩치 큰 하인은 웬만한 뒷골목 파락호들 서넛쯤은 거뜬히 상대할 만한 용력(勇力)이 있어 보였고, 나머지 사내들도 제법 힘깨나 쓰게 생기기는 했다.

그러나 이건 아니었다.

멋모르고 건드렸더라도 나중에 사정을 하여 수습이 될 상대가 있고, 반면에 애시초 남의 사정 같은 것은 일고(一考)조차도 하지 않을 감당 불가의 상대가 있는 법이다.

지금 그들이 건드린 상대는 바로 후자에 해당하는 상대였다.

지금 그들이 할 수 있는 유일한 방법은 무조건 고개를 숙여야 하는 것이지, 결코 뻣뻣하게 목을 치켜세워서는 안 되는 일인 것이다.

혹시 자신과 한 번의 안면이 있다는 것에 기대어 조금이라도 체면을 세워보려 하는 것이라면, 그것 또한 큰일날 오산이었다.

자신이 도움을 주려고 해도 막상 사건의 한가운데에 있는 당사자가 이쯤에서 허리를 굽히던가 해서 일을 수습할 의지를 보여줘야 할 것이 아닌가.

그래야 그가 어떻게 중재에 나서볼 수 있을 것인데, 지금 이 철없는 사람들은 오히려 상대의 부아만 자꾸 긁어대고 있었다.

지금 여량이 그나마 자신의 체면을 어느 정도 생각해 주고 있다고는 하나 일이 이쯤 되면 그로서도 더 이상은 어떻게 나서기가 어렵게 되어버렸다.

어디까지나 여기는 남의 구역이고, 그것도 그 한복판인 것이다.

철대산 일행의 면면과 나무 휠체어 등을 관심 깊게 바라보고 있던 여량이, 이윽고 철대산을 향해 예의 그 우렁우렁한 목소리로 말을 건넸다.

"이보게, 공자! 나는 그렇게 마음이 넓은 축에 속하는 사람은 아닐세. 그러나 내 보기에 자네는 몸이 많이 불편한 데다 세상 물정도 도통 모르는 것 같고, 게다가 여기 도 대인과도 인연이 있다 하니… 음! 나로서도 조금의 사정을 보아주지 않을 수는 없겠지."

여량의 목소리는 밑으로 깔려 자못 위엄을 잡은 것이었다.

그가 잠시 말을 멈추었다가 마치 커다란 선심이라도 쓴다는 듯 느릿하게 말을 이었다.

"받은 만큼만 돌려주기로 하지. 저기 덩치 큰 자네 하인 말일세. 저자가 내 수하의 손목을 꺾었으니, 마찬가지로 저자의 손목을 꺾는 것으로 이번 일의 계산을 끝내도록 하겠네. 이는 내가 할 수 있는 최대한의 성의이고, 자네 또한 크게 이의가 없을 것이라고 믿네."

이어 여량이 시선을 도곡상에게로 주며 말했다.

"도 대인께서도 소제의 이런 입장을 이해해 주시리라 생각합니다."

도곡상은 묵묵부답으로 자신에게 달리 이의가 없음을 표시하였다.

그가 생각하기에도 그 정도면 여량으로서는 정말로 성의를 보인 것이라고 할 수 있었기 때문이다.

바로 그때였다.

"그의 손목은 그가 책임지는 거야."

다소 어눌한 발음의 그 말은 바로 철대산이 내놓은 것이었다.

잠깐의 시간이 흐른 후 장내에 약간의 웅성거림이 일었다.

철대산의 단순한, 그러나 너무나 단순한 바람에 오히려 어려워져 버린 그 말이 의미하는 바에 대한 수군거림일 것이었다.

철대산의 뒤에서 복립은 가만히 고개를 가로젓고 있었다.

철대산의 지랄(?) 같은 성질은 이제 갈 데까지 간 것 같았다.

그러나 어찌 되었든 뭣에 씌기라도 한 듯 철대산의 그 성질에 같이 휩쓸려 들기로 이미 작정을 끝낸 이상 그로 인한 어떤 번거로운 상황이라도 감수할 각오는 벌써 되어 있는 바였다.

살다 보면 때로는 앞뒤 가릴 것 없이 성질대로 밀고 나가야 할 때도 한두 번은 있는 법이고, 지금이 바로 그런 때려니 하고 여기면 될 일이었다.

"자네의 방금 그 말이 무슨 뜻인가?"

약간 커진 여량의 목소리에 복립이 앞으로 나섰다.

"우리 대형(大兄)께서는……."

그 말을 뱉어놓고, 복립은 사람들의 주의가 자신에게 모이도록 잠깐을 기다렸다.

"대형……?"

이윽고 여량의 반문이 있고 나서 복립이 다시 천천히 말을 이어갔다.

"우리 대형의 말씀은, 귀하가 지정한 사람이 스스로의 행한 바에 대해서 능히 책임을 질 수 있는 사람이니, 그의 손목을 꺾으려면 실력으로 꺾어보라는 말씀을 하신 것이오."

다시 한 번 장내에 술렁거림이 일었다.

그리고 잠시 어이없다는 표정으로 복립과 철대산, 그리고 도곡상 등을 번갈아 쳐다보던 여량이 굵은 목소리로 물었다.

"실력으로 꺾어보라고……? 너희들은 지금 내게 실력으로 시비를 가려보자는 얘기를 하고 있는 것이냐?"

복립을 노려보는 여량의 눈빛에서 서서히 날카로운 빛이 일어나고 있었다.

복립은 여량의 눈길을 슬쩍 비껴서 철대산을 바라보았다. 마치 그의 하회(下回)를 기다린다는 듯.

그리고 마침내 철대산의 고개가 끄덕여졌고, 지체없이 복립의 입이 열렸다.

"그렇소."

"허어! 허허! 흐흐흐! 으하하하하!"

노기(怒氣)에 앞서 기가 먼저 막히는지 여량의 입에서 탄성과 탄식이 뒤섞여 나오다가, 그것은 이내 커다란 웃음소리로 번져 갔다.

"재미있군."

의외로 여량은 여전히 웃는 얼굴이었다.

"그러니까 너희들이 나에게 도전을 해보겠다는 말인데, 흠! 좋아! 다른 곳도 아닌 남창에서 걸어오는 도전을 피한다면 죽전당이 아니지."

여량은 이 갑작스러운 일에 대해 묘한 흥미를 느끼게 된 모양이었다.

그때 곁에 있던 진종이 차분한 음성으로 말했다.

"이것은 도전이라고 할 수 없는 것입니다. 도전이라는 것은 도전할 자격을 갖춘 상대라야 받아줄 만한 가치가 있는 것인데, 저런 벽촌 철부지들의 망발까지 도전이라고 받아준다면, 그것은 곧 죽전당의 체면을 깎는 일이 될 것입니다."

여량이 금방 못마땅한 표정이 되어 물었다.

"자네는 그럼 어떻게 하자는 말인가?"

진종이 여량의 곁에 있은 지 이미 십여 년이 넘었다.

그와 여량은 대체적으로 궁합이 잘 맞는 사이라고 할 수 있었다.

여량이 선이 굵고 과단성이 있는 대신에 즉흥적이고 감정이 앞서는 성미라면, 진종은 차분하고 꼼꼼하며 작은 실익(實益)까지도 따지는 성미였다.

지금 같은 경우도 여량은 두 번씩이나 불필요하고 실익없는 명분과 흥미를 쫓고 있는 중이었다.

그 첫째는 저들을 처리함에 있어 군이 도곡상의 체면까지 살펴줄 이유가 없는 것이었다. 도곡상 본인의 입으로 말한 바도 있거니와 그들은 그저 한두 번 안면을 익힌 사이에 불과한 것 같으니, 이쪽에서 일방적으로 일을 처리한다고 해도 그가 적극적으로 나설 입장은 못 되는 것이다. 그렇다고 저자들을 아주 죽을 정도로까지 심하게 다룰 일도 아닌 것이다.

둘째는 상대의 엉뚱한 도발에서 흥미를 느끼는 것까지는 좋으나 그냥 흥미로만 그쳤어야지 그것을 도전으로 받아들이는 정도로 일을 키울 것은 아니었다.

백번을 생각해도 도전을 받아줄 상대가 아니었고, 자리 또한 아닌 것이다. 또한 족보도 알 수 없는 촌스럽고 엉뚱한 자들에게 도전이나 승부라는 명분을 줄 이유가 없는 것이다.

도전으로 받아들여 승부를 벌이고, 그래서 상대를 단숨에 박살을 낸다고 해서 거기에 무슨 커다란 유쾌와 상쾌가 있을 것이며, 더군다나 돌아오는 이득이 무엇이 있을 것인가.

모름지기 백해무익(百害無益)의 상황은 비켜가는 것이 최선이며, 하지 않아도 될 일은 하지 않는 게 상책이다.

모든 일에는 의외의 상황이라는 것이 있을 수 있는 법이다. 그럴 일이야 절대로 없겠지만, 만약에 또 만약을 가정하여 혹시나 예상치 못한 돌발적인 결과라도 나오게 되면 그 뒷수습이란 것은 감당하기 어려운 파급을 가지고 올 것이 아닌가.

그러나 저들 촌뜨기 놈들은 엉뚱하고도 묘한 몇 마디의 말로써 여량을 격동시켜 놓은 상황이었고, 기분파인 여량은 이미 도전이 어쩌고 하면서 기분을 낸 뒤였다.

당주의 기분과 체면을 살리는 동시에 만약의 경우까지 대비하는 것이 바로 진종 자신이 해야 할 일이었다.

그러나 똑같은 과정으로 간다 하더라도 그 분위기만은 바꾸어놓아야 했다. 그냥 보고 즐기는 분위기면 족할 것이었다.

놈들이 원하는 대로 판을 만들어주되, 놈들을 잠시 동안 장내의 흥을 돋울 광대로 만들어 버리면 되는 것이다.

물론 그럴 리는 없겠지만, 만약에 의외의 돌발 상황이 생긴다고 하더라도 다만 관용을 좀 비추고, 또 도곡상의 체면을 좀 세워주는 것으로 돌리면 될 것이었다.

"마침 이 자리는 귀한 손님을 모신 자리가 아닙니까? 도 대인과 당주님의 논의도 무난히 끝이 난 만큼, 그냥 술 몇 잔으로 회포를 푸는 것에는 다소 부족함이 있다고 해야 할 것입니다."

"호오? 그래서……?"

"저자들의 무도함을 가볍게 징계도 할 겸, 또 주연(酒宴)의 흥도 돋울 겸 해서 잠시 여흥의 자리를 마련해 보는 것도 좋을 듯합니다."

"여흥의 자리라……?"

여량의 얼굴에 다시 흥미가 떠오르는 것을 보며 진종이 빙그레한 웃음을 지었다.

"먼저 술과 안주를 내어서, 즐기면서 보실 수 있도록 준비를 하겠습니다."

가운데에 있던 대형 탁자가 치워지고 넓은 공간이 마련되었다.

그리고 공간의 한쪽으로 새롭게 세 개의 탁자가 놓여지고, 각각 여량과 도곡상, 그리고 나무 휠체어에 앉은 채로 철대산이 자리를 하였다.

여량과 도곡상의 자리는 그렇다 하더라도, 철대산이 하나의 탁자를 차지하고 그들과 같은 열에 앉게 된 것에는 다분히 조롱기가 담긴 진종의 안배가 있었다.

그것을 모를 리 없는 도곡상은 그리 마음이 편한 기색이 아니었는데, 막상 그 옆에 앉은 철대산의 얼굴은 마치 재미있는 구경거리를 앞둔 사람처럼 흥미로워하는 기색이 역력해 보였다.

그때 주루의 입구로부터 한 사람이 걸어 들어왔다.

누가 일부러 그의 등장을 알려주지 않았는데도 사람들의 이목은 한 순간 그에게로 쏠렸다.

그 키가 족히 이 미터는 넘어 보이는 보기 드문 거구를 지닌 자였다.

철대산의 머리 속으로 문득 스쳐 가는 단상(斷想) 하나.

'슬램덩커……? 저 정도면 NBA에 갖다 놔도 통하겠다.'

한편 거한을 본 여량의 표정은 뜻밖이라는 기색이었다.

그가 고개를 돌려 자신의 뒤에 서 있던 진종에게 나지막하게 물었다. 나지막하다고는 해도 그의 타고난 목청이야 어디로 가겠는가? 그의 목소리는 바로 옆 탁자의 사람들에게도 고스란히 전해지고 있었다.

"이봐! 굳이 거왕(巨王)까지 불러올 필요가 있었나? 자네 말대로 그저 여흥거리일 뿐인데, 자칫 초상이라도 치게 되면 흥이 깨지지 않겠어? 거왕 저놈 성질 더러운 건 자네도 잘 알잖아?"

여량의 걱정(?)에 대해 진종은 빙긋이 웃어 보였다. 그런 그의 눈길은 도곡상과 철대산을 향해 있었다.

이어 마치 장단을 맞추는 듯한 그의 대답이 있었다.

"아닙니다. 여기 이분 공자의 하인도 결코 만만치 않아 보입니다. 가벼운 한 수에 소삼(小三)의 팔목을 꺾어버릴 정도의 완력을 지니지 않았습니까? 그리고 비록 여흥에 불과하지만 그래도 승부는 승부인데 어느 정도의 성의는 갖추어야 흥이 떨어지지 않을 것입니다."

"그래……?"

여량의 입가로 다시 흡족한 미소가 떠올랐다.

"잘하면 흥미진진한 한 판의 힘겨루기를 볼 수 있겠군. 그러고 보니 두 친구가 키에서는 좀 차이가 있지만, 막상 덩치에서는 아주 막상막하

같은데?"

거왕은 단거에 비해 한 뼘 이상이나 키가 커서 훨씬 날렵해(?) 보였다.

그러나 부분적으로 보자면 그 허리 둘레나 가슴 둘레, 그리고 허벅지의 통 등이 결코 단거에 비해 가늘지(?) 않았다.

다만 단거가 짧은 목에다 이목구비까지 오밀조밀하여 소년의 인상인 데 비해, 거왕의 얼굴은 모든 것이 큼직큼직하여 마치 억세고 거친 어른과 덩치만 큰 여린 소년이 마주해 있는 것 같았다.

단거의 두꺼운(?) 덩치를 보고 나서 거왕의 그 큰 얼굴에는 조금씩 홍분이 어리기 시작하였는데, 덕분에 두 사람의 인상은 더욱 극명한 대비를 이루게 되었다.

사실 거왕은 남창뿐만이 아니라 인근의 여타 성시(盛市)들에까지 그 이름이 꽤나 알려진 자였다.

그의 유명세는 우선 그의 뛰어난 싸움 실력에 의한 것이었다.

거왕은 덩치에 걸맞게 천생신력(天生神力)을 타고났을 뿐 아니라, 거기에다 나름의 권각술(拳脚術)까지 익히고 있었다.

그런 만큼 적어도 맨몸으로 하는 박투(搏鬪)에서는 죽전당의 난다 긴다 하는 왈패들 중에서도 손가락에 꼽힐 정도의 싸움꾼으로 인정받고 있었다.

뿐만 아니라 남창과 그 인근에 근거를 가지고 있는 몇 군데 정사(正邪) 무림문파의 제자들이라고 하더라도 거왕의 성미를 함부로 건드리지 못하였다.

소위 전통있는 명문의 제자들이라고 하더라도 소수의 일부를 제외

하고는 대부분 무슨 경지에 이르도록 내공을 연마한 것도 아니었고, 그
에 비해 거왕의 힘이란 것은 기껏 일이십 년, 많다고 해봐야 이삼십 년
의 내공으로 쉽게 맞서볼 수 있는 정도가 아니었던 것이다.

또한 무슨 대단한 권법이니 장법이니 하여도, 거왕 역시 나름의 권
각술을 익히고 있는 만큼 다소 기예(技藝)의 부족함이 있더라도 그의
넘치는 힘과 투지로 충분히 극복하고도 남음이 있었다.

물론 도검을 쓴다면 상대를 못할 것도 아니겠으나 권장(拳掌)이 아
닌 도검을 휘두른다는 것은 바로 죽전당과의 전쟁을 선언하는 것이나
마찬가지였다.

죽전당이 비록 그들이 평소 무시해 마지않는 하찮은 흑도의 무리에
불과하다 하더라도, 그것이야 명분에 있어서 그런 것일 뿐이었다.

막상 전면전으로 맞붙는다고 한다면, 적어도 남창 지역에서는 어느
문파도 죽전당을 함부로 무시할 수는 없었다.

거왕을 더욱 유명하게 한 것은 그의 폭급(爆急)한 성정 때문이었다.

평상시에는 몰라도 일단 싸움에 돌입하게 되면 그는 스스로를 통제
하지 못할 정도로 흥분을 하였다.

상대가 완전히 결딴(?)이 날 때까지 무자비하게 밀어붙였고, 그 결과
로 지금까지 그와 싸움이 붙었던 사람 중에 온전한 육신을 유지하고
있는 사람이 없을 정도였다.

단거의 표정에는 별 변화가 없었다.

그는 여전히 소년 같은 얼굴에 수줍어 보이기까지 하는 엷은 미소를
띠고서, 다만 가볍게 허리를 돌려 몸을 풀고 있는 중이었다.

문득 진종의 마음속으로 한 가닥의 불안이 생겨났다.

정말 순진한 건지, 아니면 도무지 겁이라고는 모르는 천둥벌거숭이
인 건지 모를 단거의 모습은 그런대로 좀 모자라는 것으로 이해를 할
수도 있었다.

하지만 시종 이해되지 않는 태연함을 보이고 있는 그의 일행의 모습
에서는 약간의 찜찜함을 느껴야만 했던 것이다.

게다가 그 주인이라는 자, 제 몸 하나 가누지 못해 묘하게 생긴 바퀴
의자에 실려(?) 있는 그자의 얼굴에 노골적으로 드러나 있는 기대와 흥
미는 또 무엇이란 말인가?

'홋!'

진종은 가벼운 웃음으로 스스로의 근거없는 불안을 날려 버렸다.

'그저 뚝심만 믿고 힘 자랑이나 할 줄 아는 무지렁이들이다. 살이
찢기고 뼈가 부러져 나가는 혈투(血鬪)가 무엇인지 알지 못하는 순진한
놈들일 뿐이다. 후훗! 비록 놀라움은 클 것이나 너희들은 오늘의 이 교
훈을 오히려 고맙게 여겨야 할 것이다. 덕분에 앞으로 강호에서 이유
도 모르고 비명횡사(非命橫死)당할 액운을 미리 막을 수도 있을 것이니
까.'

"시작해!"

짐짓 예를 갖춘다고 두 손으로 잔을 들어 도곡상과 철대산에게 술을
권한 다음 여량이 짧게 외쳤다.

마주 보고 서 있던 두 거한이 천천히 움직이기 시작했다.

아니, 단거는 우두커니 제자리에 서 있었고, 정작 움직인 것은 거왕
혼자였다.

상대를 향해 느긋하게 거리를 좁혀가던 거왕의 얼굴에 피식거리는

웃음이 걸렸다.

'뭐야?'

처음에 상대의 힘깨나 씀 직한 덩치와 체형을 보고 약간의 흥분을 느꼈었는데, 이건 보면 볼수록 '아니올시다'였다.

두 눈에 한번 붙어보겠다는 불타는 투지가 빛나는 것도 아니었고, 그도 아니면 긴장과 두려움 섞인 흥분 정도라도 비쳐야 하는 것인데, 이건 그냥 무덤덤한 표정이었다.

거왕이 한 걸음 앞에 우뚝 버티고 서서 내려다보고 있는데도 단거는 그의 턱 밑에서 그저 신기한 물건이라도 보듯 빤히 올려다보고만 있었다.

'이 친구 혹시 좀 덜 익은 것 아니야?'

그런 생각이 들기도 하여 거왕이 단거의 뺨을 향해 슬쩍 손을 뻗어내었다.

딱히 가격을 하려는 것보다는 그저 상대의 반응을 한번 보고자 한 것이었다.

'어라?'

내심의 놀람과 함께 거왕의 몸이 움찔하고 왼쪽으로 쏠리고 말았다.

아무 생각 없이 서 있는 것 같던 상대가 어느 순간에 마주 손을 뻗어내어서는 자신의 손을 슬쩍 바깥쪽으로 제쳐 버린 것이었다.

상대의 그 손길이 그리 위력적이거나 힘이 실린 것은 아니었지만, 아주 절묘한 순간에 마치 당겨내듯이 손을 제쳐 낸 것이어서 거왕이 잠깐 동안 몸의 균형을 흐뜨리고 만 것이다.

잠시 흠칫하였던 거왕의 얼굴에 싱긋한 웃음이 감돌았다.

그 한 수로 상대에 대한 흥미가 되살아난 것이었다.

반보가량 양 발의 사이를 벌린 거왕이 허리춤에서 자연스럽게 말아 쥔 주먹을 단거의 가슴을 향해 쳐내었다.

스읏!

자세를 크게 바꾸지도 않고 단거의 몸이 마치 미끄러지듯 스르르 한 발 뒤로 물러나고 있었다.

'이것 봐라?

거왕의 얼굴이 설핏 굳어지는데, 단거는 마침 묘한 자세를 잡아가고 있는 중이었다.

두 발을 어깨 너비만큼 벌리고 무릎을 굽혔다.

허리는 엉거주춤하게 앞으로 숙였다.

양손은 넓게 벌려서 손바닥을 앞으로 향하게 하여 가슴 앞으로 내밀고 있었다.

거왕이 가만히 보고 있자니 마치 원대(元代)에 유행하였던 몽고 씨름의 준비 자세와도 비슷해 보이는 것이었다.

'이 촌놈이… 지금 나하고 씨름이라도 한 판하자는 건가?

거왕의 굳어져 있던 표정 가운데로 어쩔 수 없이 다시 한 가닥의 실소가 피어오르고 말았다.

그러나 어쨌든 조금 전 상대가 보여주었던 반사 신경과 손놀림은 제법 인정해 줄 만한 것이었다.

그리고 지금 이 자리는 죽기 살기로 치고받는 자리라기보다는, 구경하고 있는 높은 양반들께 술자리의 여흥을 돋워줘야 하는 자리였다.

일격필살보다는 상대의 수준에 맞추어 견딜 수 있을 만큼의 충격을 점차적으로 안겨줘야 할 필요가 있었다.

그런 다음에 고양이가 쥐를 희롱하듯 그렇게 가지고 놀다가 적당한 시점에서 끝을 내면 될 일이었다.

거왕이 좌장우권(左掌右拳)으로 양손을 가슴 앞으로 올려서 벌려놓고, 두 무릎은 적당히 굽혀 탄력을 싣는 자세를 취했다.

이제야말로 제대로 된 일전(一戰)의 자세를 갖춘 것이다.

장내의 구경꾼들 중에서 몇 마디의 농(弄) 섞인 소리들이 나오고 있었다.

"어이! 거왕! 적당히 봐줘가면서 해라."

"구경하는 사람들도 생각 좀 해줘야지. 너무 빨리 끝낼 생각은 하지 말라고."

철대산은 지금 문득 머리 속으로 스쳐 가는 생각 하나 때문에 양미간을 살짝 찡그리고 있는 중이었다.

'단거, 저 친구 저거 완전히 레슬링 폼인데? 저러다가 정말로 태클이라도 들어가는 거 아니야?'

단거의 엉거주춤(?)한 자세에서 그런 생각을 떠올려 놓고는 스스로도 그 생각이 어이없어 그만 입꼬리가 저절로 올라가고 마는데, 장내의 분위기상 웃을 상황은 아니고 하여 눈썹만 일그러뜨리고 있는 것이다.

그의 곁에서 함께 대결 상황을 지켜보고 있던 복립이 문득 그의 묘한(?) 표정을 발견한 모양이었다.

그리고 그것을 어떤 의미로 해석하였는지 허리를 숙여 나직한 귓속말을 전해왔다.

"대형! 너무 걱정 안 하셔도 됩니다."

"……?"

"단거 저 친구가 겉보기는 여리고 순해 보여도 사실은 수박(手搏)의 달인(達人)입니다."

그렇지 않아도 묘하게 되어 있던 철대산의 얼굴에 다시 기묘한 표정 하나가 더해졌다.

'여리고 순해……?'

그러다가 철대산이 문득 한마디를 되뇌었다.

"수박이라고……?"

"예! 수박은 고려의 국기(國技)라고 할 수 있는 무술입니다. 단거는 특히 비술(秘術)로 전승되고 있는 수박지술(手搏之術)의 정통 계승자로 지금까지 제대로 된 적수를 만나보지 못한 실력잡니다."

"수박지술이라……?"

복립의 말을 따라 다시 한마디를 되뇌었지만, 수박이라는 말을 듣는 순간부터 이미 그의 생각은 다른 사념(思念)에 젖어들어 있는 중이었다.

사념의 한가운데로 떠오르는 것은 한 사람의 얼굴이었다.

결코 잊을 수 없는 사람들 중 한 명이었다.

그에게 형님 소리를 하던 사람들 중 한 명이었고, 그가 익힌 무술이 바로 수박이라고 하였다.

또한 이전의 그가 있던 세상에서는 무술로 그 적수를 찾기 어려웠던, 그리고 무한한 가능성을 함께 지닌 가히 절대강자라고 할 수 있는 사람이기도 하였다.

철대산의 얼굴로 애틋한 그리움의 파문이 번져 갈 때, 장내에서는 마침내 두 사람의 본격적인 격돌이 시작되었는지 가볍고 둔탁한 소리들이 연속적으로 터져 나오고 있었다.

자세히 아는 사람은 별로 없었지만 거왕이 익히고 있는 권각술은 사실 통비권(通臂拳)에 그 연원을 두고 있었다.

통비권이라 함은 외공에 치중한 것이고, 또한 그 공격일변도의 투로(套路)로 인해 외공 중에서도 하류에 속하는 것으로 일반에게 인식되고 있는 무공이었다.

그러나 사실 무공 중에 단순히 일류 이류를 구분할 수 있는 잣대가 어디 있겠는가? 결국은 익히는 사람이 얼마나 자신에게 맞도록 연마해내느냐에 따름일 뿐인 것이다.

무림이 넓다고 하고 기인이사가 바닷가의 모래알처럼 많다고 흔히들 말한다. 그러나 막상 도(道)에 이르도록 무공을 연마한 사람을 찾아보기란 평생을 발품 팔아 강호를 헤맨다고 하더라도 어려운 일일 것이다.

그런 점을 감안한다면 외공 일변도의 무공이고, 실전(實戰) 위주의 무공이라고 해서 천시(賤視)되어야 할 이유란 결코 없는 것이 아니겠는가.

통비권이 원래 신성한 흰 원숭이가 팔을 길게 늘여 먹이를 채는 모습에서 창안된 권법이라, 그 동작 중에는 팔과 다리를 길게 뻗어 휘둘러 치거나 크게 뻗어내는 장(掌)과 권(拳)의 동작이 주(主)가 되었다.

하여 타고난 천생신력과 거대한 덩치 덕분에 손과 발이 누구보다도 긴 거왕에게 통비권은 참으로 잘 어울리는 무공이라고 할 수 있었다.

거왕이 제대로 자세를 취하고 몸을 움직이기 시작하자 그 움직임이 마치 원숭이와도 같아 보기에는 엉거주춤한 듯하였지만 실제로는 가볍고 재빠른 데가 있었다.

방장격원(放長擊遠)이라.

상대의 손이 미치지 못하는 거리에서 상대를 치고 자신은 신속하게 빠져나간다.

파박!

바바박!

휘둘러지는 어깨와 팔의 끝에서 장과 권이 마치 채찍의 편두(鞭頭)처럼 상대의 몸에 가서 휘감기듯이 부딪쳤다.

"와아!"

"오!"

그 시원스러운 몸놀림과 경쾌하게 터져 나오는 타격음에 구경꾼 중 몇몇이 참지 못하고 작은 탄성들을 토해내었다.

그러나 구경꾼들 중에 눈이 밝은 자는 거왕의 그 거칠 것 없는 공격에 대해, 돋보이지 않는 작은 몸놀림으로 묵묵히 받아내고 있는 단거의 방어 동작에 대해서도 유심(有心)한 눈빛을 주고 있었다.

십여 초의 공방이 지나고 나자 이제 모두에게는 크고 화려한 동작의 거왕과 작고 단순해 보이는 몸놀림의 단거가 어느 한쪽도 일방적으로 밀리지 않는 호각(互角)의 세를 유지하고 있는 것이 뚜렷이 보이게 되었다.

그러다 보니 작은(?) 덩치의 단거가 상대의 공격을 이리 감아 돌리고

저리 제치는 모습이 의젓하고도 당당해 보이는 반면에, 훨씬 더 거대한 덩치의 거왕은 치고 빠지기를 거듭하니 일견 약삭빠르다는 경박함으로 보이기도 하는 것이었다.

장내의 분위기가 묘한 쪽으로 쏠리기 시작하고 있었다.

처음에 가볍게 술렁거리며 거왕의 일거수일투족에 흥을 돋우는 추임새를 넣기도 하던 관중들이 어느 순간부터는 조용해졌다.

비록 야유는 보내지 않았지만 그들의 얼굴에서 하나같이 흥이 달아났다는 것은 능히 알아볼 정도였다.

무릇 싸움을 구경하는 군중의 심리란 것이 그런 것이 아니던가.

처음에는 강하고 힘센 쪽을 응원하다가도, 약자라고 생각했던 쪽이 생각 외의 응전을 펼치면 점차로 약자 쪽으로 관심이 옮아가는 심리 말이다.

그러다가 마침내 약자가 더욱 분발하여 용호상박(龍虎相搏)의 대등한 싸움이라도 펼치게 되면, 그때는 '우리 편', '너네 편'을 떠나 예상 외의 호투를 펼치는 쪽을 마음으로나마 응원하게 되는, 그런 게 바로 군중의 심리라는 것일 게다.

문득 거왕은 은근히 초조해지는 자신을 느끼고 있었다.

사실 그가 제대로 된 통비권의 투로를 따라 싸움을 펼쳐 보는 것도, 또 이렇게 오래 끌어보는 것도 실로 오랜만의 일이었다.

더구나 단둘만이 하는 싸움이 아니라 수많은 사람들의 눈이 지켜보는 가운데서 이런 방식으로 싸워보기는 처음이었다.

대부분의 경우 사람들에게 보여주었던 그의 싸움 모습은 순식간에 우열이 결정되고 마는 싸움이었고, 그 뒤로부터는 스스로의 파괴 본능과 쾌감을 만족시키기 위한 일방적인 유희에 지나지 않는 것들이었다.

그런데 오늘의 이 묘한 상대를 만나서는 상황이 점점 이상한 쪽으로 발전이 되고 있는 중이었다.

'그만 끝을 내라!'

어느 순간 자세를 바꾸다가 언뜻 마주친 진종의 눈빛이 그렇게 말하고 있었다.

거왕이 우뚝 제자리에 멈추어 섰다.

진종의 독촉이 아니더라도 이제는 끝을 내야 할 때였다.

더 이상 끌어서는 승패에 관계없이 그에게는 욕이 되고 수치가 될 뿐이었다.

예비 동작 없이 팔꿈치의 탄력만으로 우권(右拳)을 상대의 턱을 향해 튕겨내었다.

상대가 지금까지 하던 식으로 주먹을 제쳐 낸다면, 열린 상대의 품으로 파고들며 왼손으로 뒷덜미를 휘감아서 잡아챌 작정이었다.

그 다음은… 그대로 끝이다. 차올린 자신의 무릎을 얼굴로 맞아들이고도(?) 멀쩡한 자는 아직까지 보지 못했으니까.

즉사(卽死)나 하지 않으면 그것이 바로 천운(天運)일 것이다.

이 비장의 한 수는 거왕 자신의 필살기라고 할 수 있었고, 지금까지 시전하여 실패한 적이 없었다.

그러나 거왕의 그 비장의 한 수는 끝내 시전되지 못했다.

상대가 그의 우권을 제쳐 내는 틈을 타 오른발을 내디더 상대의 열린 품으로 파고들 찰나에, 상대는 마치 자신의 생각을 읽고 있기라도 한 것처럼 돌연 뒤로 두 걸음을 연달아 물러나 버린 때문이었다.

갑작스러운 상대의 퇴보(退步)에 거왕이 잠시 의아해하고 있을 때였다.

상대의 몸이 잠깐 아래로 바짝 숙여지는가 했는데, 다음 순간 마치 바닥을 기다시피 하여 앞으로 튀어나오는 것이 아닌가.

'무슨 짓……?

너무도 돌연한 상황이었지만 거왕은 거의 본능적으로 들어오는 상대의 머리를 향해 오른 무릎을 차올렸다.

그러나 그것은 그의 생각 속에서만 이루어진 대응이었을 뿐이다.

상대의 어깨는 어느새 그의 하복부를 들이받고 있었고, 그 충격을 흘려내기도 전에 상대가 어디를 어떻게 했는지 그는 자신의 몸이 허공으로 붕 떠오르는 것을 느껴야 했다.

그리고 실제로도 그의 몸은 상당한 높이의 허공으로 완전히 떠올랐다가, 그대로 바닥으로 떨어지고 있는 중이었다.

거왕이 그런 와중에서도 허리를 비틀며 몸의 균형을 잡아보려 안간힘을 썼지만, 이미 그의 하복부와 두 다리의 오금은 상대에게 완전히 장악을 당하고 있었다.

그 때문에 그는 속수무책으로 엉덩방아를 찧으면서 바닥으로 떨어지는 수밖에 다른 도리가 없었다.

쿠웅!

거왕과 그에게 엉겨 붙은(?) 단거의 무게까지 더해진 두 덩치의 거창한 중량이 바닥으로 떨어지는 소리가 장내를 울렸다.

일순 주루의 바닥은 물론 사방의 벽까지 부르르 떨리는 듯한 진동이 느껴졌다.

사람들 중에 그 누구도 거왕의 그 거창한 덩치가 그토록이나 쉽게 허공으로 솟아올랐다가, 또 그토록이나 맥없이 바닥으로 곤두박질칠 수 있을 것이라고 생각한 사람은 없었다.

그러기에 방금의 그 진동은 어쩌면 사람들의 놀라움이 지레 느낌으로 만들어낸 것인지도 몰랐다.

"어엇!"

"헛!"

장내에는 제각기의 놀라움을 토해내는 여러 종류의 탄성과 외침들이 터져 나오고 있었다.

철대산도 예외는 아니었으나 그의 내심으로 발해지고 있는 탄성은 다소 색다른(?) 것이었다.

'훗! 저 친구 진짜로 태클을 들어갔다.'

그러나 그의 놀라움은 시작에 불과했다.

단거는 지금 막 그가 놀랄 만한 두 번째의 기술을 들어가고 있었던 것이다.

그리고 여지없이 철대산의 머리 속으로 두 번째의 탄성이 터져 나오고 말았다.

'크헛! 암바(Arm—bar)다.'

그랬다.

그것은 분명 제대로 들어간 암바임에 분명했다.

지금 단거는 자신의 두 다리 사이에 거왕의 오른팔을 끼워 넣고 꺾은 채로 거왕의 몸과 겹쳐진 열십(十) 자의 모양을 취하여 버티고 있는 중이었다.

언뜻 보면 지금 그들 두 거한은 하릴없이 바닥에 드러누워 있기만 한 것처럼 보이기도 하였다.

거의 대부분의 사람들에게 이런 형태의 싸움은 처음으로 보는 것이었다.

이게 무슨 앞집의 장삼(張三)과 뒷집의 이사(李四)가 술 한잔 걸치고서 니가 잘했니 내가 잘했니 진창에 뒹굴며 엎치락뒤치락하는 동네 싸움도 아니고, 그래도 거왕이라면 죽전당에서도 손에 꼽아주는 이름난 싸움꾼인데, 비록 시골뜨기를 상대로 해서 하는 싸움이라고는 하지만 이 무슨 유치하고도 구차스러운 장면의 연출이라는 말인가.

"우우!"

"뭐 하는 거냐?"

"일어서서 제대로들 좀 해봐라!"

여기저기서 사정 모르는 구경꾼들의 야유 섞인 몇 마디 고함들이 터져 나왔다.

그러나 지금 그들 두 거한이 엉켜 있는 형세가 싱거운 짓거리에 불과한 것은 결코 아니었다.

실제로 당하고 있는 거왕에게는 도저히 빠져나갈 수 없는 완벽한 속박이었을 뿐만 아니라, 팔꿈치 부분에 견디기 어려운 엄청난 고통을 느끼고 있는 중이었다.

만약 이 상태에서 단거가 조금만 더 힘을 준다면 거왕의 오른쪽 팔꿈치 인대는 그대로 끊어져 버리고 말 것이었다.

거왕의 이마에서 시작된 번질거리는 땀이 얼굴 전체로 번져 나가며, 마침내는 굵은 방울로 맺혀 흐르기 시작하였다.

비명을 지르지 않으려고 이빨을 악다물고 있었지만, 거왕의 얼굴은 이미 처참할 정도로 일그러져 있었다.

어떤 이유로 해서 거왕이 그처럼 극심한 고통을 겪고 있는지, 또 별 게 아닌 것처럼 엉성해 보이기만 하는 저 열십 자의 자세에서 그가 왜 빠져나오지 못하는지에 대해 사람들은 여전히 의아해하고 있었으나 점점 극명하게 드러나는 거왕의 고통스러운 모습에 장내는 깊은 침묵 속으로 빠져들고 있었다.

거왕의 팔을 완벽하게 제압하고 누워 버티는 채로, 단거의 눈은 철대산에게로 향해 있었다.

그에 따라 장내에 있는 모든 사람의 눈 또한 단거의 눈길을 쫓아 철대산에게로 집중되었다.

철대산이 고개를 외로 틀어 진종을 한번 보고, 다시 여량을 보았다.

말은 하지 않았지만 이미 승부가 난 것이나 마찬가지이니 이제 그만 정리를 하는 게 어떠냐 하는 뜻을 비치는 것일 터였다.

그러나 그들, 특히 여량의 얼굴은 지금 내심의 터질 듯한 노화를 겨우 참아내고 있는 모습일 뿐 철대산의 시선이 의미하는 바에 동의하고자 하는 빛은 추호도 찾아볼 수가 없었다.

만약 여량의 내심을 들여다볼 수 있다면 아마도,

'어디 너희들 마음대로 한번 해봐라.'

뭐 그런 정도의 억하심정(抑何心情)이 아니었을까?

철대산의 얼굴로 잠깐 애매한 표정이 스치더니, 이어 그의 눈길이 도곡상에게로 가서 머물렀다.

그와 시선을 마주한 도곡상은 가만히 고개를 저어 보였다.

이쯤에서 그만 사태를 좋게 마무리하는 것이 어떠냐 하는 의미이리라.

그리고 그 뒤에 닥칠 상황을 무난히 수습하기 위해서라도 그렇게 하는 것이 좋겠다는 충고이기도 할 것이었다.

그런 도곡상의 심려(心慮)를 알겠다는 듯 철대산의 눈매가 잠시 가늘어졌다.

이윽고 그의 입이 열렸다.

"끝내!"

"……?"

그만 하라는 것인지, 아니면 아주 끝장을 내버리라는 것인지 듣기에 따라 지극히 애매한 말이었다.

어쨌든 그 말이 가져올 결과를 보고자 사람들의 시선이 다시 바닥의 두 거한에게로 옮겨졌다.

그리고 그 말의 결과는 촌각의 시간도 지체치 않고 곧바로 나타났다.

우둑… 뚝!

"크아악!"

채앵!

추잇!

잇달아 도검이 뽑혀지는 소리가 경쾌하게 울려 퍼졌다.

이어 번뜩이는 예기를 갖춘 그 실물(實物)들을 손에 든 십여 명의 사내가 삽시간에 단거의 주위를 둘러쌌다.

그러니 그 날카로운 위험을 눈앞에 두고도 단거의 눈은 여전히 철대산과 복립에게로만 향해 있었다.

한편 철대산과 일행의 주위로도 비록 병기를 뽑아 들지는 않았지만 얼굴과 온몸으로 격앙된 감정을 그대로 드러낸 삼십여 명의 사내가 넓게 포위망을 짜서 서서히 거리를 좁혀들고 있는 중이었다.

졸지에 험악하게 돌변해 버린 장내의 분위기에 가장 민감하게 반응한 것은 바로 도곡상의 호위를 맡고 있던 네 명의 장한이었다.

그들은 거의 동시에 도곡상을 중심으로 서너 걸음씩 벌려 서며 상대의 포위망 안쪽에서 최대한의 활동 공간을 확보해 가고 있었다.

그들의 손이 제각기 허리춤과 품 어림으로 가 있는 것을 보면, 그들 역시도 여차하면 병기를 뽑아 들 기세였다.

도곡상의 바로 옆에 자리하고 있는 덕분으로 철대산 일행도 자연스럽게 그들 네 명의 장한이 펼치는 호위진의 안쪽에서 보호를 받는 형국이 되었다.

장내는 금방이라도 터질 듯한 무거운 긴장감으로 가득 찼다.

다만 그 긴장감의 향배를 결정할 여량이 아직까지도 아무런 행동을 보이지 않고 있었기에 서로는 칼날 같은 대치만 하고 있는 중이었다.

그런 중에서도 상대적으로 가장 태연한 신색을 유지하고 있는 것은 바로 초긴장에 휩싸여 있어야 할 철대산 일행이었다.

본래가 전신 불수의 장애자라는 특수한 처지인데다 지금까지 보여 준 돌발 행동으로 인하여 이미 이상한 인물로 찍혀(?) 버린 철대산은, 또 그래서 그런가 보다 하고 인정(?)이나 받을 수 있을 것이었다.

하지만 복립이나 필보, 그리고 위천 등의 그 태연함과 당당함은 도대체 어디에 근거하여 나오는 것일까.

복립은 그 평범한 얼굴만큼이나 도대체 주위에서 무슨 일이 일어나는지 실감을 못하겠다는 듯한 지극히 평범한(?) 표정과 태도를 고수하고 있었다.

그러나 필보나 위천의 비정상적(?)인 모습에 비하면, 복립은 오히려 지극히 정상적인 편에 속하였다.

필보는 지금 숨기지도 않고 얼굴 가득 진득한 흥분을 그대로 드러내 놓고 있는 중이었다. 마치 한 판의 사건(?)이 빨리 벌어지기를 기대라도 하고 있다는 듯.

그런가 하면 철대산의 뒤에 버티고 서 있는 위천이야말로 누구든 한 번 덤벼보라는 듯이 아예 대놓고 사방을 향해 무차별적인 적대감과 냉막함을 뿌려대고 있는 중이었다. 그 기세로만 본다면 주위의 모두가 다 덤빈다 해도 그 혼자서 상대를 해주겠다는 광오함까지 비치고 있었다.

그래도 개중 인간적이라 할 수 있는 것은 소려와 손 노대였다.

그들의 얼굴에는 걱정과 염려에서 오는 초조한 빛이 그런대로(?) 그려져 있었다.

마침내 여량이 천천히 몸을 일으켰다.

『철인』 2권으로 이어집니다